Ei niin pientä pahaa

Ei niin pientä pahaa

Anna Tiitta

© 2015 Anna Tiitta
Päällys ja taitto: Books on Demand
Kustantaja: BoD – Books on Demand, Helsinki, Suomi
Valmistaja: BoD – Books on Demand, Norderstedt, Saksa
ISBN: 978-952-318-751-1

Sisältö

Elämä on kuin riekon valkea varjo.
Toisinaan sen arvo jää ymmärtämättä
varomattomilta ja liian varovaisilta.

Riekonkieppi

Lammet ja suoalueen hetteet olivat jo ohuessa riitteessä, niiden keskiosa oli kirkas, reunat kuin ohutta opaalilasia. Kuuran peittämät pitkospuut olivat aamulla pukeneet ylleen hopeisen harson. Alkusyksyn sateissa vanuttuneet Tupasvillan tupsut muistuttivat piikkilangoissa roikkuvaa harmaan lampaan villaa. Riekko oli vaihtanut värinsä valkeaan, vaikka lunta ei ollut. Se kyyristeli kylmissään vaivaiskoivujen keskellä viimeisten ruskavärien loimussa. Hiljaa kahahtava suoheinä reunusti linnun kotopaikkaa.

– Juhani, pysähdy, katso tuonne pensaan juureen. Puhuin hiljaa, otin kiinni käsivarrestasi.

Käännyit katsomaan. Otit kuvan riekosta ja maisemasta. Seisoit vieressäni pitkospuulla, jota pilkuttivat edellämme kipittäneen eläimen jäljet. Sen lämpimät tassut olivat sulattaneet kuuraa. Sinun vaelluskenkäsi näyttivät suunnattomilta pienten pehmoisten jälkien rinnalla.

– Pikkuinen naali, sanoit ja kyykistyit katsomaan. – Tiesitkö, että naalilla on tassujen pohjassa karvapeite?

– Ei naaleja enää ole. Etelän ketut ovat vieneet niiltä elintilan jo ajat sitten.

Suru seisoi hetken kanssani pitkospuilla ja melkein näin, miten viimeinen valkoturkki pujahti pesäkoloonsa paljakan laidalla. Sen pennut eivät olleet selviytyneet. Oli ollut huono sopulivuosi.

Aurinko laski poroaidan portin suuntaan.

– Kuljemme kohti auringonlaskua, sanoit ja hymyilit myös silmilläsi.

– Kaksi auringonlaskun ratsastajaa, vastasin hiljaa.

Hymähdit lämpimästi, mutta alkavan iltaruskon oranssein

raidoin värjäämä taivas tuntui äkkiä tylyltä. Sininen tunturi idän suunnalla kutsui kulkemaan poispäin. Se pyysi meitä kiskomaan itsemme irti siitä missä elimme, kehotti kävelemään toiseen suuntaan, ulos siistityn ja säröilevän, ennalta määrätyn elämän piiristä, jäämään riekon maailmaan.

Minä olisin halunnut tehdä meille talvipesän vaivaiskoivun juureen. Eväitä oli vielä.

Siitä huolimatta palasimme entisiin. Kotimatkalla ennen Oulua lupasit lähteä kanssani Bergamoon ja ristiä itsesi rinnalleni vuoriteiden krusifiksien edessä. Lupasit ottaa minut mukaasi Prahaan ja tarjota oluen Václavin aukiolla. Sanoit, että hymyilemme yhdessä ohikulkijoille Wienin katukahviloissa.

Rautatieaseman parkkipaikalla suutelit sormiani, jokaista yksitellen, ja sanoit haluavasi suudella niitä samalla tavalla Kaarlen ja Elisabetin silloilla Budapestissä. Vannoit kaksi kertaa, että ihailet kanssani Pariisia Eiffel-tornin toiselta tasanteelta.

Mutta sinä valehtelit. Ymmärsin sen myöhemmin.

Kuudes käsky

Matkan jälkeen sinun piti kertoa kaikille, että olemme samalla puolella, mutta sinä olitkin koko ajan ollut toisella puolella. Kuulin sen sinulta. Tai en edes kuullut, sain vain kirjeen, jossa kerroit, että et haluakaan lähteä vaimosi luota. Ja toisen kirjeen, jossa kerroit pelkääväsi, että sekoat, jos jatkat kanssani. Minä en seonnut, minä puoliksi kuolin. Kuolin viikkokausiksi, mutta lopulta ajattelin toipuneeni ja vastasin sinulle uhmakkaasti, että ei, ei sinusta ole mieheksi. Ei minulle ja tuskin vaimollesikaan, joka ansalangassasi ennestään pyristeli.

Kun olin lähettänyt kirjeeni, uskoin vielä selviytyväni. Suljin karpalohillopurkin kannen, jonka jätit aina aamulla auki, nuolin voin veitsestäsi ja lakkasin paistamasta croissanteja. Mutta kun heitin roskiin Fazerin sinisen suklaalevyn, jonka olit antanut junamatkaevääksi, ymmärsin, että tekemäni ei vielä riittäisi.

Niinpä yritin surra, vaikka mielestäni olin itkenyt jo tarpeeksi, kun olin viikannut pöydiltä pois joulunpunaiset liinat, ja heittänyt roskiin sinisen saunatakkisi, johon oli ikuisiksi ajoiksi jäänyt ohut viilto tuoksustasi. Kun olin kerännyt parvekkeelta pois lempeänlämpöiset saunapyyhkeet ja puoliksi poltetut kynttilät, uskoin hengittäväni helpommin, mutta niin ei ollut. Laventeli tuoksui vieläkin.

Tyhjensin saunan lasikulhon sydämenmuotoisista saippuoista, ja tuoksu haihtui. Olin varma, että nyt kaikki tarpeellinen oli tehty, mutta en tiennyt, että minun piti tehdä paljon enemmän päästäkseni irti. Lanka kiristyi kaulani ympärillä aina, kun ajattelin sinua.

Ystävätär oli huolissaan. Hän oli tammikuusta lähtien kuunnellut kärsivällisesti, miten palasin jokaisen asian keskeltä sinuun. Ja minuun.

– Hengitä kunnolla. Sinä hyperventiloit joka kerta, kun puhut siitä.

– Ei siitä. Hänestä. Juhanista, sanoin ja vavahdin.

– Hengitä. Lähde matkalle!

– Ei minusta ole vielä! Mene Italiaan tai Ranskaan. Bussimatkalle. Sinähän pidät niistä.

– Juhani lupasi viedä, haukoin ilmaa.

Ystävätär haki ruskean paperipussin ja silitti päätäni.

– Juhani lupasi, nikottelin ja painoin pussin suutani vasten. Se rapisi kun hengitin. Minä vapisin.

Maaliskuussa yritin lopulta varata matkaa vanhoihin kaupunkeihini, mutta näin, että Bergamon kapeat kadut ja pienet aukiot olivat täynnä kiveen painuneita jälkiäsi. Sitä en ollut tullut ajatelleeksi. Niin kuin en sitäkään, että olit Tonavan tavoin erottanut ikuisiksi ajoiksi Budan ja Pestin, kaupungin viidestätoista sillasta huolimatta.

En ollut ymmärtänyt, että olit kätkenyt minulta Prahan kellotornin, sulkenut Wienin katukahvilat ja marssinut valloittajan raskain askelin läpi Pariisin, kaupungeista rakkaimman. Rajannut rauta-aidoin Hotel L'Operasta Montmartren kukkulalle johtavat kujat.

Olin kauhuissani, kun huhtikuussa sain postikortin pohjoisesta ja ymmärsin, että olit riistänyt minulta Lapin. Olit lapioinut umpeen polun Pielpajärven erämaakirkolle ja polttanut kahvitupaa ympäröivän kituliaan ruohikon karrelle. Kieputtanut piikkilankaa Moitakurun poroaitaan kuin keskitysleirin ympärille ja lukinnut portin, jonka yläpuolella kelopalikat olivat soittaneet puista musiikkiaan. Kuulin etelään saakka, että ne eivät enää kalahdelleet tuulessa toisiinsa.

Hätkähdin. Mitä nyt? Kaupunkituuli soittaa pihapuita. Ne laulavat: "anna surun tulla, anna surun tulla". Annoin surun tulla ja se repäisi minut voimalla auki. Syöksyi ulos kuin hyökyaalto ja minä seisoin vyötäisiäni myöten keskellä vyöryvää vettä ja huusin. Vatsanpohjan avoimia haavoja kirveli suola. Raastoin kynteni verille, kun yritin kaikin voimin pitää ovenkamanoista kiinni. Vesi kiskoi minua yhä syvemmälle ja yritti painaa pohjaliejuun, mutta en suostunut, ja lopulta se luovutti. Vei merelle vetäytyessään mukanaan kaiken, mitä en halunnut sinusta pitää.

Viimeisenä se imaisi mukaansa sen, että sanoit rakastavasi minua.

Kun vesi oli mennyt, oli niin hiljaista, että kuulin hiusteni liikkeet. Kuulin keveitä kahahduksia, kun ihokarvat käsivarsissa nousivat kylmästä pystyyn. Viinipullo oli tyhjä ja lasi rikki. Sinua ei näkynyt, ei edes sateenkaaren päässä.

Selasin kuviasi repiäkseni loputkin, mutta se ei ollutkaan tarpeen. Ne olivat kastuneet niin pahoin, että ohuenohut hymysi oli pelkkää sohjoa, ja vuoteellani lojui vain kylmäsormisen ammattiyhdistyspoliitikon prototyyppi, epämääräinen kasa, joka oli kuin hätäisesti riisutut vaatteet eteisen lattialla.

Ei edes sinun kopea ja välinpitämätön elimesi häilynyt enää palvelua odottamassa. Se makasi kivilläsi pienenä ja avuttomana, paljaana kuin kokoon käpertynyt etana ilman kotiloa, enkä tuntenut enää menettäneeni mitään. Muistin senkin, miten jouduin vuoteessa aina teeskentelemään ja ymmärsin, että ei sinussa ollut miestä minua täyttämään. Ei silläkään tavalla.

Pudotin sinut pois vuoteestani ja kielsin tulemasta uniini. Ajoin pois aamiaispöydästä ja tunsin huojennusta, että en kattanut enää edes vahingossa kahdelle. Uskoin, että voin taas istua katukahvilassa Wienissä tai katsoa aikaa Prahan kellotornista, että sillat kantavat minut Budasta Pestiin ja takaisin. Saan kulkea tuttuja kujia kohti Sacré-Cœurin portaita, ja kiivetessäni Eiffel-torniin voin tuntea taas kehossani, miten rauta resonoi pariisinsinistä taivasta vasten.

Toivoin, että kivikkoinen polku levenee hiekkatieksi, kivet pyöristyvät, mutkat oikenevat ja raskaat rinteet muuttuvat helpommiksi kulkea. Että kivet ovat taas kovempia kuin minä, sammal ei pistele jalkapohjiin enkä tuntisi enää olevani väärässä maassa. Uskoin, että kaikki on kuin ennen sinua, mutta niin ei ollut. Olin saanut takaisin vasta kaupungit ja valkoisten liinojen silitetyn pinnan. Kun kevät toi joutsenet ja kurjet, ja suo alkoi huutaa, en tiennyt, että jäkälä oli vielä.

Tupasvilla

Punainen riekonmarjamatto peitti tunturissa puolet jäkälästä, mutta se oli odottamassa, kun palasin syksyllä pohjoiseen ja kuljin pitkospuilla. Onneksi ei ollut vielä satanut lunta. Talvi oli myöhässä samalla tavalla kuin oli ollut kesä.

Huhtikuussa oli etelässäkin ollut toisin paikoin lunta maassa, ja vappuna ihmiset palelivat kevätvaatteissaan. Kuvasin kulkuetta ja torvisoittokuntaa. Kiillotettu messinki häikäisi silmiäni. Talviliukkaiden hiekoitushiekka kieppui tuulessa pitkin jalkakäytävää. Punaiset liput täyttivät torinreunan, ja lämpömittari kukkakioskin seinällä näytti kuutta astetta.

Minua ei palellut. Olin tietämättäni vielä umpijäässä, mutta aloin jo tuntea, miten ryskyin ja helisin kuin jäidenlähtö pohjoisilla joilla.

Talvella olin luullut kuolevani. Vapun jälkeen aloin pelätä, että joudun kaikesta huolimatta elämään, sillä olin nähnyt liikaa käsi kädessä kulkevia ihmisiä. Muistin taas meidät, ja sen, miten olit kirjeelläsi repinyt alas riippuvat puutarhani ja ahneen ahman tavoin jättänyt ihooni ikuiset puremajäljet.

Ansalanka hiersi kaulaani, ja se näkyi minussa niin selvästi, että ystävät kysyivät, mikä on hätänä. En jaksanut vastata, mutta koko kevään huusin peräsi kuin joutsenet, jotka lensivät mökkini yli pohjoisen järville. Keväällä lähdin tanssimaan kurkien kanssa.

– Ja mitähän teille saisi olla?

– Punaviiniä, kiitos.

– Meillä olisi uutta chileläistä.

– Ihan sama, tuo koko pullo!

Ja minä tanssin. Tanssin kuin hullu. Tanssin kuollakseni, tai palatakseni elävien kirjoihin. Kahlasin järven pohjoispään soilla ja suutelin sammakoita. Kahmin kourani täyteen ylivuotisia karpaloita, ne kirvelivät suussa. Upposin hetteisiin nivustaipeita myöten, ja muta yritti joka yö kiskoa minua entistä syvemmälle. Syksy oli jo pitkällä, kun sain vedettyä jalkani irti. Matkustin pohjoiseen. Aurinko nousi enää vaivoin taivaanrannan tasalle ja viimeiset ruskavärit leimahtelivat tunturissa, kun kävelin tuttuja polkuja Moitakurun suuntaan. Luulin, että sammakot olivat jääneet etelän soille, mutta kuulin niiden kurnuttavan kahden puolen pitkospuita, vaikka olivat kuteneet koko kesän.

Hätkähdin. Mitä nyt? Suotuuli soittaa tupasvillaa. Se laulaa: "anna vihan tulla, anna vihan tulla". Annoin vihan tulla, ja se kirkui tiensä minusta kuin hullaantunut sopulilauma. Täytti maiseman ja koko maailma oli äkkiä harmaa vellova matto, joka vyöryi tunturia joka suuntaan, ja minä siinä keskellä huusin: "Kuole! Kuole, kuole, kuole jumalauta!" Ulvoin kuivin silmin.

Kaulaani sattui, mutta tunsin, että ansalanka alkoi jo löystyä. Sisälläni ritisivät rikki kaikki loput samppanjalasit. Ainoakaan ei säilynyt edes kahtena palasena. Sirpaleet levisivät jäkälän sekaan, ja minä ajattelin poroja, jotka kulkevat muista piittaamatta omia teitään. Ja sinä, sinä olit niistä jokainen.

Sekopäiset sopulit kipittivät hysteerisesti kimittäen koillisen suuntaan, ja niiden kireä ääni repi tunturin rinnettä auki. Ketut loikkivat ulahdellen sinne tänne, mutta eivät osanneet syödä vatsaansa täyteen, vaikka herkkupöytä oli valmiiksi katettu.

Minä olin nälissäni kuin tunturin viimeinen naali, joka oli hävinnyt ketuille taistelun elintilastaan. Moitakurun poroaidan piikkilanka kiertyi auki, ja minä huusin raivoa täynnä: "Kuole. Kuole. Kuole!"

Kun viimeinen sopuli katosi Kaunispään taakse ja maa oli taas liikkumaton, näin sinut tunturissa. Olit menettänyt sarvesi jokavuotisessa kiimassasi, eikä sinulla ollut ketään, kenen luo palata. Tyly hahmosi kulki poispäin ja sinä pienenit. Pienenit ja etäännyit ja minä muistin kapeat kätesi ja ohuet sormesi, jotka varoivat koskettamasta minua.

Sirpaleet sulivat auringossa ja sinä katosit tunturin taakse. Ansalanka hellitti ja minä tiesin, että et ikinä palaa. Sopuli, ei poro, ajattelin. Sopuli sinä olet, laumasielu sielujen laumassa. Pienisieluinen pomomies, joka haki vain panoseuraa pohjoiseen. Ja minä rukoilin ääneen: "Älä kuole. Elä. Se on sinulle varmasti raskaampaa."

"Pidä elämäsi", huusin tunturiin.

Sanat jäivät Kaunispäälle, minä palasin kotiin.

Huone 315

Kun istuimme aamuyöstä saunassa, Saara kysyi minulta, olinko huomannut, että sillä pitkällä, harmaatukkaisella pomomiehellä oli taas uusi nainen mukanaan

Oli eteläsuomalaisten hiihtolomaviikon viimeinen ilta, tai oikeastaan jo aamuyö. Ravintola oli ollut melko täynnä, ja asiakkaat olivat jättäneet salin niin siivottomaan kuntoon, että jouduimme tekemään suuremman työn kuin tavallista. Lopuksi meidän piti siivota saunat ennen aamu-uinteja.

– Silläkö meidän ammattiliiton miehellä? Ei, en huomannut. Mistä tiedät?

– Naisen huone oli toisessa kerroksessa, ja näin niitten tulevan sieltä monta kertaa. Nainen oli yhtä onnellisen näköinen kuin ne aikaisemmatkin. Kuulin, kun mies sanoi sitä pupuksi. Mitähän se nainen sanoisi jos tietäisi, että pupuset vaihtuvat kaksi kertaa vuodessa, Saara naurahti.

Heitin löylyä ja tunsin, miten lihakset alkoivat höltyä.

Olin aloittanut työt Riekonkiepissä kaksi vuotta aikaisemmin ruskalomien aikaan. Siivosin öisin Saaran parina ja pelkäsin häntä vähän. Saara oli ollut talossa pitkälti yli kymmenen vuotta. Olin alusta asti ajatellut, että hän on vähän häijy suustaan, ja kova juoruilemaan, niin asiakkaista kuin työtovereistakin. Minusta sellainen oli kyllä sopimatonta, mutta kun kuulin, että Saara on syntyisin Oulusta, eikä edes uskovainen, niin sen jotenkin ymmärsi.

Heitin lisää löylyä. Saara kumartui ja ähkäisi. Hän sanoi, että vähempikin piisaisi, ja kysyi, muistanko minä sen viimesyksyisen. Sen, joka oli ruskalomalla lokakuussa.

– Sen arkisen punapään vai?

– Sen!

Sanoin, että muistan, ja ajatteli, että nainen oli ollut ihan eri paria miehen kanssa.

– Se näytti maalaiselta, ja vanhemmalta kuin mies. Luulin, että se oli vaimo.

Saara kävi hakemassa oluttölkin kassistaan. Siitäkään en tykännyt, mutta ajattelin, että olkoon.

– Ei se vaimo ollut, vaimo on pidempi ja lihavampi, hän hymähti lauteille palattuaan.

Saara oli nähnyt miehen monta kertaa, mutta vain kerran sillä oli ollut perhe mukana. Vanhemmat eivät ainakaan aamiaisella olleet paljoa puhuneet toisilleen, lapsilleen vain, eikä vaimo hiihtänyt. Mies oli ollut lasten kanssa kaiket päivät tunturissa, mutta vaimolla oli ollut kirjoja mukana. Päivät pitkät se oli katsellut huoneessa televisiota, lukenut, ja juonut viiniä.

– Pulloja kertyi useampia, Saara nauroi häijysti, ja minä ajattelin, että jumalatonta menoa sekin on, tuommoinen nauraminen.

– Tietääköhän vaimo, mitä sen mies täällä puuhaa?

– En usko, tai saattaa se tietää, mutta ei välitä, vähän kireältä se kyllä vaikutti, Saara sanoi ja lähti suihkuun.

Minä jäin vielä lauteille ja sanoin ääneen, että "voi ihmisrievut, Saarat ja pukumiehet".

Saunan jälkeen kävin viemässä avaimet respaan. Meillä ei ole lupa viedä niitä kotiin. Joka puolella oli hiljaista. Koko hotelli tuntui nukkuvan. Yövuorolainen sanoi, että haluaisi käydä juomassa kahvia ja ottamassa palasta keittiössä. Sanoin, että voin minä sen aikaa olla.

Kun Niilo lähti, otin asiakaskortit kaapista ja etsin huoneen 315. Kirjoitin paperilapulle miehen kotiosoitteen, pistin kortit takaisin kaappiin ja laitoin lapun laukkuuni. Kotimatkalla ihmettelin, mikä minuun sillä tavalla meni. Mutta sitten ajattelin, että minä olen sentään uskovainen ihminen, vaikka olenkin pelkkä siivooja. Kunnioitan kuudetta käskyä.

Huomenna yövuorossa katson naisen osoitteen. Saattaahan sekin olla naimisissa. Ja vaikkei olisikaan, niin kirjoitan sille. Tai laitan postikortin, jossa on kuva Pielpajärven kirkosta ja kirjoitan siihen, että tiedätkö sinä, miten menee kuudes käsky. Kirjoitan senkin, että se mies on naimisissa ja sen, että se on täällä joka vuosi uuden naisen kanssa.

Minä en ole naimisissa. Enkä mene. Enää.

Ja voihan se vaimokin haluta lopulta tietää?

Salainen rakkaus synnyttää paljastuessaan vihaa,
mutta joskus se aiheuttaa sietämätöntä kateutta.

Se oli Leo

— Kyllä minä ymmärrän, miksi isä rakasti sinua, Olavi sanoi uudelleen ennen lähtöään. Minä seisoin ovella ja katselin, miten hän otti autonavaimet taskustaan ja painoi avaimenkärjellä hissin nappia samalla tavalla kuin Leo. Kun ovet sulkeutuivat, minua suretti ja hävetti, halusin miehen tulevan heti takaisin.

Olavi oli tuonut tiedon isänsä kuolemasta ja lyhyen kirjeen, jossa Leo kertoi rakastaneensa minua niin paljon kuin muusta liikeni, ja pyysi anteeksi, että ei aikanaan ollut riittävän rohkea minut pitääkseen. En saanut sanotuksi mitään. Purin hampaani yhteen, etteivät ne olisi kalisseet. Olin järkyttynyt, että tunsin niin voimakkaasti. Olin järkyttynyt Leon kuolemasta ja kirjeestä, jonka hän oli pyytänyt Olavia toimittamaan perille tummankeltaisten ruusujen kera.

Ihmettelin, miksi Leo halusi poikansa tietävän minusta.

Sanoin Olaville, että ota takki pois, laitan kahvia. Jalkani tärisivät holtittomasti ja tarvitsin tekemistä. Olavi laittoi takin ripustimeen ja tuli keittiön ovelle.

— Milloin te tunsitte ja kuinka kauan suhteenne kesti? Hän ojensi kukkapakettia. — En minä tiedä, miksi kysyn, eikä sinun tarvitse kertoa, jos et halua. Minusta vain tuntuu, että en sittenkään tuntenut isääni.

Sanat tulivat yhtenä ryöppynä, ja Olavi seisoi oviaukossa niin isänsä kaltaisena. Nojasi kamanaan ja painoi irronnutta tapetinreunaa peukalollaan listan alle samalla tavalla kuin Leo.

— Tämä on irti, pitäisi liimata.

Laitoin kahvin tippumaan.

— Se on ollut irti jo, aloitin, nielaisin, en pystynyt puhumaan. Sydämeni löi sataa. Haukoin ilmaa. Sanat olivat vähissä.

— Oletko syönyt tänään?

– Kotoa lähtiessäni.

Avasin kukkapaketin. Tummankeltaisten terälehtien kapea punainen reunus häikäisi silmiäni.

En tiennyt, että Leo oli seurannut elämääni. En tiennyt, miksi hän oli sen tehnyt, arkailin puhua, en luottanut ääneeni. Laitoin ruusut maljakkoon ja mietin, miten aloittaa. En olisi halunnut selitellä Olaville suhdettani naimisissa olleeseen, itseäni huomattavasti vanhempaan mieheen. Mitä se muille kuului?

– Tunsitteko pitkään?

– Tunsimme kuusi vuotta, vuodesta 1984 vuoteen 1990, puhuin silti.

– Miten tutustuitte?

– Kokouksissa, sanoin, ja ääneni kuulosti väärältä, aivan kuin olisin vähätellyt Leon merkitystä.

– Kokouksissa?

– Olimme molemmat työn puolesta jäseninä ammatillisten oppilaitosten liiton työryhmässä, joka tarkasteli koulutusta suhteessa eri ammattialojen tuleviin tarpeisiin, jatkoin vakaammin.

– Minkä ikäinen olit?

– Kolmenkymmenenkahdeksan.

– Isä oli kuudenkymmenenneljän, vanhempi kuin me nyt.

Olavi katsoi ohitseni ja sanoi, että oli aina luottanut isäänsä ja pitänyt esikuvanaan, kaksi viholliskonetta jatkosodassa pudottanut lentäjäsankari oli kunnian mies.

Olavi oli löytänyt minulle osoitetun kirjeen, avannut sen ja ajatellut ensin, että jättää sikseen, repii korkeintaan.

– En halunnut olla sellaisen isän poika, vaikka olen jo aikuinen, hän yritti naurahtaa, mutta äänessä oli surua ja pettymystä.

Minä en uskaltanut puhua, ääneni särähteli toisenlaista surua. Olisin halunnut sanoa, että Leo oli hyvä ihminen, minusta huolimatta. En vain tiennyt, miten saada Olavi vakuuttuneeksi. Hän kosketti sinistä lasienkeliä, joka riippui vanhassa valaisimessa kristallien keskellä ja kysyi, minkälainen mies Leo oli ollut minulle. Kysymys oli väärä. En vastannut.

– Enkeli on lahja Leolta, sanoin hetken päästä.

– Niin isän tapaista, antaa enkeli.

Olavi ojensi pitkät jalkansa pöydän alle. Sydämeni koputti kysyvästi vatsassa. Hän oli isänsä kuva, pöytä oli myös hänelle liian matala. Kahvin tuoksu toi mieleeni ammattikoulujen koneöljyltä haisevat hallit, ruokasalit ja vanhat tupakkahuoneet. Nuoret miehet, jotka vaivihkaa katselivat sääriäni ja korkeita korkojani keskellä hitsauskipinöiden risahtelua.

– Leo opetti minut kahvikissaksi. Ennen olin juonut vain teetä.

– Kävikö isä usein luonasi?

Laitoin kuppeja pöytään. Lusikat kilahtivat lautasille.

– Tapasimme kaksin harvakseltaan. Kävimme joskus risteilyllä, ja kerran olimme viikonlopun Pariisissa.

– Pariisissa?

– Vain yhden kerran, vastasin hätäisesti.

– Missä sitten?

– Enimmäkseen tapasimme seminaareissa ja kokouksissa.

En kertonut, miten Leo kokouksissa vilkaisi minuun pikaisesti ja vilkutti silmää, kun sijoitti puheenvuoroonsa ajatuksiani. Itse olin melko hiljainen, mutta Leolle puhuin joskus koulutuksesta varsin kärkevästi ja tiesin, että hän arvosti mielipiteitäni.

Keittiö tuntui ahtaalta. Se oli täynnä ikävää ja surua, epämääräistä pelkoa – mitä seuraavaksi?

– Puhuiko isä sinulle koskaan perheestään?

– Puhui, hän sanoi, että olet lääkäri ja erikoistunut kirurgiaan, että et voi saada omia lapsia.

– Hän varmaan kertoi syynkin?

– Kertoi, ja suri puolestasi ja varmaan omastakin puolestaan. Hän sai vedet silmiinsä, kun kerroin ensimmäisen pojanpoikani syntymästä.

– Sinullako on lapsia?

– On, kaksi, poika ja tyttö.

– Lastenlapsia?

– Kolme.

Olavin kysymykset olivat lyhyitä kuin piiskaniskut, minä yritin puolustaa itseäni, olla ystävällinen.

– Entä äiti? Puhuiko isä äidistä?

– Vain kaksi kertaa, hän kertoi, että syntymäsi oli vaarantanut äitisi hengen.

– Äidillä oli sydänvika. Tiesitkö siitä?

– Tiesin, Leo kertoi senkin.

Leo oli heti suhteen alussa sanonut elävänsä naisen nälässä, mutta se ei kuulunut Olaville, enempää kuin sekään, miksi suostuin olemaan se toinen nainen. En halunnut puhua tarpeiden ja tunteiden oikeutuksesta, syyllisyydestä ja ihmisten vapaasta tahdosta valita tapansa elää.

Tiesin, että Leo oli kokenut tekevänsä väärin vain minua kohtaan, hän oli sen sanonut. Ja sen, että jokainen voi toki halutessaan kieltäytyä ja kärsiä, vaikka siitä ei sen kirkkaampaa kruunua saisikaan, mutta hän haluaa nauttia elämästä.

Olavin kysymykset ahdistivat minua. Hän katsoi ikkunaa ja enkeliä, minua ei, vaikka istuin vastapäätä. Tunnelma oli painostava, ja yritin keventää.

– Leo sai kerran risteilyillallisella oranssinvärisen hummerin ja muutaman valmiiksi avatun osterin suoraan syliinsä kastikkeineen kaikkineen. Tarjoilija hätääntyi, ja laski pöydälle tarjottimen, missä yksin jäänyt hummeri tuijotti minua tiukasti tillikruunu päässään, ja me saimme Leon kanssa naurukohtauksen.

– En tiennytkään, että isä söi ostereita.

– Ei se ollut meidän annoksemme, tarjoilija horjahti, kun laiva keinahti.

Olavi ei nauranut, minua nolotti.

Hytissä Leo oli vaihtanut housut ja pyytänyt napittamaan paitansa. "Kun sinulla on niin sievät sormet", hän sanoi ja tuli eteeni. Kosketin ihoa. Se oli ihmeen sileä. "Sinulla on nuoren miehen iho", sanoin ja vedin paidan olkapäiden yli, avasin vyön ja vetoketjun. Vaatteet valahtivat lattialle. Leo nosti hameeni lantiolle. "Hyviä nämä kellohelmat", hän naurahti.

Sisälläni sykähti. Hain eteisen peilipöydältä nenäliinapakkauksen. Olin levoton. Tunsin taas, miten laiva keinahti ja hytin ovi sulkeutui. Vuode odotti. Näytti kuin keittiön enkelikin olisi keinunut hetken. Olavi kosketti pöydän yli rannettani.

– Arvaat varmaan, että emme tilanneet hummeria, sanoin ja vedin käteni pois.

– Ymmärrän, että isä rakasti sinua, hän sanoi väärän hellästi.

– Sinulla on samanlaiset kädet, katsoin Olaviin, – ja silmät ja leuka.

– Kiitos, että olit isälle olemassa, Olavi katsoi minua, aivan kuin ei itsekään olisi uskonut kiittäneensä.

Oravat kisailivat talon seinällä ja yksi kävi kurkistamassa, olisiko ikkunalaudalla pähkinöitä.

– Kun äiti kuoli, pelkäsin, että isä suree itsensä hengiltä. Sodan käynyt mies, ja olihan hänellä jo ikääkin, seitsemänkymmentäkuusi vuotta.

Olavin sanat kompastelivat kuin kivikossa.

– Olivat menneet naimisiin heti sodan loputtua. Toivoivat poikaa monta vuotta ja lopulta saivat yhden.

Vastasin varovasti, että tiesin sodasta. Leo kertoi, että hän pääsi Kauhavan ilmasotakouluun ja ennätti sodan loppuvaiheessa mukaan taisteluihin.

– Isä oli nuorin hävittäjälentäjä Suomen ilmavoimissa.

Olavin äänessä oli ylpeyttä.

– Vasta seitsemäntoista, sanoin ja ajattelin ammattikoulussa opettamiani nuoria, lapsia vielä. Talojen välissä kaikui ambulanssin ääni. Ovi kolahti ylempänä, hissi lähti alaspäin.

Olin epävarma ja huomasin, että Olavikin oli. Aurinko makasi aivan meren reunalla, ja Olavi meni parvekkeelle. Oli jo tammikuun loppu, mutta poikkeuksellisen lämmin alkutalvi oli pitänyt vedet auki.

– Lämmin ja tilava, melkein kuin kesähuone, lasitus suojaa tuulilta.

Olavi avasi reunimmaisen ruudun ja kiinnitti sen seinään. Aurinko oli päivän mittaan lämmittänyt tilan, nyt se alkoi nopeasti jäähtyä. Pihan korvike.

– Sopivasti lännen suuntaan, ilta-aurinkoon, vastasin ja vilu nyki hartioitani.

– Sanoit, että isä puhui sinulle äidistä kaksi kertaa. Mikä oli se toinen?

– Leo soitti, että äidilläsi oli ollut paha sydänkohtaus. Sen jälkeen tapasimme vain kerran.

– Miksi?

– Se oli Leon päätös, en halunnut sanoa enempää.

En halunnut kertoa Olaville, että maksuksi Jumalalle Leo oli luvannut luopua minusta, jos vaimo toipuu. Emme tavanneet sen kevään jälkeen edes kokouksissa. Leo jättäytyi kiireisiinsä vedoten kesken kauden pois työryhmästä.

– Missä tapasitte viimeisen kerran, miten?

– Se ei kuulu sinulle, keskeytin Olavin.

Siirryin oviaukkoon. Seisoin kynnyksellä, että lämpenisin.

– Ei kuulukaan, anteeksi.

Olavi tuli eteeni ja otti minusta kiinni. Hän sanoi äitinsä eläneen kohtauksen jälkeen vielä kaksitoista vuotta ja pyysi anteeksi isänsä puolesta. Sanoin, että ei hänen tarvitse pyytää anteeksi kenenkään puolesta, eikä Leonkaan olisi tarvinnut sitä kirjeessään tehdä.

– Sen olen elämäni varrella oppinut, että ei ole olemassa oikeita ja vääriä päätöksiä, on vain niitä, joita ihmisen on pakko tehdä, puhuin enemmän itselleni.

Olavi oli pitkään hiljaa.

– Isä kuoli kotona. Yksin. Hänet haudattiin hiljaisuudessa ilman sotilaallisia menoja.

Sanoin, että Leon yksinäinen kuolema tuntui väärältä.

– Jokaisella pitäisi olla joku, ettei tarvitsisi yksin kuolla.

Minua paleli.

Kun palasimme sisälle, vapisin surusta ja vilusta, ikävästäkin kukaties. Olavi haki eteisestä paketin. Paperista paljastui valkoinen palmikkoneuleinen villapusero, josta näki, että sitä oli pidetty. Kyynärpäät olivat kuluneet puhki, hihansuut rispautuneet. Pusero oli monista pesuista vanuttunut ja vähän jo kellastunutkin.

– Tuota isä piti vuosikaudet, Olavi naurahti. Sanoin joskus, että sehän on sinulle kuin Epun riepu Tenavat-sarjakuvassa, ja isä vastasi, että se on paljon enemmän. Hän sanoi, että voi tuntea kutojan käsivarret ympärillään.

Pidin puseroa kädessäni.

– Muistan, kun kudoin sen hänelle, sanoin ja nojasin Olaviin, isänsä näköiseen ruskeasilmäiseen pitkään mieheen, ja itkin kuin puhtaaksi pesten. Meitä kaikkia.

– Haluatko tietää, missä on isän hauta? Voin viedä sinut.

– En tiedä vielä. Anna minun miettiä, otan sitten yhteyttä.

Kun Olavi lähti, palasin sohvalle ja luin Leon kirjeen uudelleen. En itkenyt. Mietin, miten tämä elämä meitä itse kutakin riepottaa. Sitäkin mietin, miksi päässäni oli soinut jo monta päivää Albinonin Adagio. Tiesikö mieleni, että tulen pian tarvitsemaan sitä?

Puin villapuseron varovasti ylleni ja laitoin levyn soimaan. Annoin sävelten virrata ja ajattelin viimeistä tapaamistamme, joka oli kuin toisinto ensimmäisestä.

"En halua särkeä sinua, vaikka tiedänkin tekeväni sen", Leo oli sanonut lähtiessään. Ajattelin, että ei minun ole syytä hävetä mitään ja että haluan käydä Leon haudalla, mutta vasta elokuussa ensi vuonna. Silloin siitä on vuosi.

Tulin Olavina

— En tiedä, miksi. Minun oli vain pakko tulla, Olavi sanoi hiljaa ja jäi takki päällä eteiseen.

Oli kulunut vain kuukausi edellisestä käynnistä. Elisa viittasi kädellään keittiöön ja kehotti miestä istumaan.

– Miksi tulit? Elisa kysyi uudelleen. – Oliko vielä jotakin?

Olavi meni pöydän ääreen ja oikaisi taas jalkansa. Suru helähti Elisan mielessä ja soi kuin aisakellot vanhoissa elokuvissa. "Miten suurta tuhlausta", hän ajatteli. Mies katsoi Elisaa ja näytti erilaiselta; ahdistuneelta ja joltakin sellaiselta, mille Elisalla ei ollut nimeä.

– Ei. Ei mitään, minä vain.

– Haluatko kahvia? Onko sinun nälkä? Elisa kysyi jotakin sanoakseen.

Olavin olemus oli raskas, mies tuntui täyttävän koko keittiön, ja Elisan henkeä alkoi ahdistaa. Hän seisoi kädet lanteilla ja yritti hengittää, katseli valaisinta. Samassa koukussa sinisen enkelin kanssa roikkui joululta jäänyt punainen lasisydän.

– Tuosta puuttuu pala, Olavi sanoi, kun hän huomasi, mitä Elisa katsoi.

– Niin puuttuu. Se särkyi jo ajat sitten, mutta en ole raskinut heittää roskiin.

– Ei särkyneitä sydämiä voi, Olavi aloitti, mutta ei jatkanut.

 Elisaa pelotti. Mies oli liian erilainen kuin viimeksi, ja vaikka oli lämmin, Olavi istui takki päällä.

– Annatko takkisi? Pistän sen naulakkoon.

– Näin on hyvä, minä vain.

Mies nousi kuin lähteäkseen.

– Niin? Elisa peräntyi eteiseen.

– Ei sinun tarvitse minua pelätä. Olavi tuli liki, ja Elisan selkä painui vaatekomeron peiliovea vasten.

– En saa isää ja sinua mielestäni. Ajattelen teitä koko ajan, kotona ja työssä. En voi edes maata vaimoni vieressä. Olen siirtynyt nukkumaan vierashuoneeseen. Sanat valuivat ketjuna, joka katkesi kilahtaen, kun mies tarttui Elisaa tiukasti olkapäistä ja painautui melkein kiinni.

– Haluan sinut!

– Minut?

Mies tuoksui samalta kuin Leo ja katsoi niin samanlaisin silmin. Elisa ei saanut vedettyä henkeä.

– Siksikö, kun?

– Ei, ei, ei siksi. Tai en minä tiedä. En ole koskaan aikaisemmin.

Olavi irrotti otteensa.

Elisa palasi keittiöön ja mittasi veden kahvinkeittimeen. Hän laittoi kahvin suodattimeen ja laski puoliääneen mitalliset saadakseen muuta ajateltavaa.

– Haluatko voileipää?

– Kiitos.

Olavi riisui takkinsa ja pani ripustimeen.

– Ethän sentään pelkää minua, hän sanoi ja katsoi ovelta Elisaa.

– En, en kai, tai pelkään kyllä.

– Mitä?

– Sitä että. En tiedä, Elisa parahti.

Olavi tuntui niin tutulta, aivan kuin aika olisi kulkenut takaperin ja Leo olisi palanut. Elisa vilkaisi varmuuden vuoksi seinälle. Sekunteja mittaava viisari kipitti oikealle.

– Leo, hän aloitti, mutta Olavi keskeytti.

– Isä on kuollut. Minä olen Olavi, mies puhui hiljaa ja meni istumaan. – Tulin Olavina, hän mutisi ja silitti sinivalkoruutuista pöytäliinaa.

Kädet olivat ihmeen sileät, kämmenselässä ei ryppyjä eikä ruskeita läiskiä kuin Leolla. Pitkät ja solakat kirurgin sormet saivat Elisan liikuttumaan.

– Niinhän sinä tulit. Olavina, hän sanoi ja yritti rauhoittua, ja ajatteli, että minä vain olen aina se sama Elisa, nosti pöytään lautaset ja kahvimukit, laittoi leipäkoriin sämpylöitä, haki jääkaapista maitotölkin, voin ja hillopurkin.

– Syötkö juustoa? Makkaraa minulla ei ole, hän sanoi samalla, kun viipaloi lautaselle tomaatteja ja kurkkua. – Vuohenjuustoa?

– Kaikki käy.

Olavi halkaisi sämpylän, teki sen veitsellä, huolellisemmin kuin Leo. Levitti voita ja asetteli juusto- ja tomaattiviipaleet tarkasti lomittain. Sormet kietoutuivat mukin ympärille. ”Miten ne ovatkin niin pitkät”, Elisa ajatteli, ”pitkät ja lujat. Luisevat!”

– Sanoin, että haluan sinut.

Olavin ääni oli hiljainen. Elisasta tuntui, että mies katseli häntä toisella tavalla. Silmät olivat liian tummat, kädet vapisivat.

– Voisimmeko me? Voisitko sinä, Olavi aloitti epäröiden, ojensi kättään pöydän yli ja hipaisi Elisan rannetta.

– En tiedä.

Elisa katsoi miehen sormia.

– Olen elänyt jo pitkään yksin.

– Isän jälkeen?

– Ei, ei Leon, vaan erään toisen, joka tuli hänen jälkeensä.

Olavi nousi ja tuli Elisan taakse, sormet hakeutuivat kaulalta hiuksiin, palasivat niskaan, aivan kuin Leo. Olavi kumartui ja nuolaisi hänen korvaansa samalla tavalla kuin Leo oli tehnyt ja sanonut naurahtaen olevansa suomenpystykorva.

"Leo", Elisa ajatteli, kun mies nosti hänet seisomaan ja käänsi itseään vasten. Puristi kuin hädässä. "Liian tiukasti", Elisa ajatteli, mutta hänen vatsansa muisti.

– Mennään.

Elisa ei tiennyt, kumpi heistä sen ensin sanoi.

– Olet niin…

Siitäkään hän ei tiennyt, kumpi sen sanoi ja sen, että

– Olet! Voi olet!

Elisa huokasi ja alkoi itkeä, kun tunsi Olavin sormet sisällään. "Hyvä Jumala", hän ajatteli, "miten minä tarvitsenkaan tätä".

"Olet niin nuori", Leo oli sanonut ja riisunut hänet kerros kerrokselta ja niin lempeästi, että Elisa olisi halunnut miehen riisuvan ihonsakin pois. Sekään ei olisi tehnyt kipeää. "Olet niin kevyt." Leo oli tehnyt hänestä kauniin ja silittänyt pois raskauden mukanaan tuomat arvet ja poimut. "Olet niin pikkuinen, kuin kuivan kesän orava", Leo oli naurahtanut ja nostanut hänet päälleen. "Minähän särkisin sinut muuten", hän oli sanonut ja täyttänyt varovasti Elisan kokonaan.

Ja nyt Olavi niin isänsä kaltaisena, että Elisa ei enää tiennyt, kuka oli elossa ja kuka kuollut.

– Leo. Elisa luuli kuiskaavansa vain itselleen, kun Olavi upposi häneen ja alkoi kuin vimmalla liikkua.

– Leo! Elisa huusi ja konehallien hitsauskipinät polttivat ihoon ihmisen mentäviä reikiä.

Olavi pysähtyi.

– Leo? Minä tulin Olavina, hän sanoi ääni vapisten.

Elisa tunsi, miten miehen sormet siirtyivät pois olkapäiltä, hakeutuivat hiuksiin, kasvoille, silittivät kaulaa. Peukalot koskettivat kurkunpäätä.

– Minä olen Olavi, mies sanoi ja puristi luisilla sormillaan.

"Liian tiukasti", Elisa ajatteli. "Miten ne ovatkin niin lujat?" Kuului rusahdus. Mies painautui tiukasti Elisaa vasten ja alkoi uudelleen liikkua.

– Olavi! Olen Olavi, mies huusi purkautuessaan, mutta sitä Elisa ei enää kuullut.

Olavi

Olavi ei kuullut rusahdusta, mutta kun hän irrotti kätensä Elisan kaulan ympäriltä, hän tiesi naisen kuolleen. Oli täysin hiljaista. Tai ei aivan, joku huohotti karheasti kuin olisi juossut pitkän matkan jyrkkään ylämäkeen. Meni hetki, ennen kuin Olavi ymmärsi, että ääni lähti hänestä itsestään. Hitaasti hän vetäytyi Elisasta ja ihmetteli naisen silmiä. Ne katsoivat häneen eivätkä kuitenkaan katsoneet, ja Olavi ajatteli, että Elisa näki jotakin, mihin hänellä ei ollut osaa ei arpaa. Makuuhuoneessa kaikki oli mustavalkoista kuin vanhoissa elokuvissa.

– Isä, hän parahti.

Aika nytkähteli eteenpäin. Olavi ei huomannut sen kuluvan. Hän nousi vuoteelta ja pukeutui. Istui sitten takaisin ja katseli Elisaa. Yöpöydällä tikitti kello. Viallinen sekuntiviisari rapsahteli paikallaan. Mitään ajatusta tai ymmärrystä muistuttavaa ei tullut Olavin mieleen.

Elisa makasi hiljaa paikallaan ja oli kuollut. Olavi tiesi tappaneensa naisen, mutta ei kuitenkaan ymmärtänyt, hän tiesi rakastelleensa, mutta ei oikeastaan tajunnut sitäkään. Oli kuin hän olisi ollut väärässä paikassa väärään aikaan, eikä hänellä ollut aavistustakaan miksi, mutta sen hän tiesi varmaksi, että oli tappanut naisen, jota ei edes kunnolla tuntenut.

– Elisa, Olavi kuiskasi. – Minun on lähdettävä.

Olavi nousi seisomaan ja oikoi vaatteensa. Hän tunsi olevansa likainen, kädet haisivat naiselle, suu oli kuiva ja tahmea. Hän käänsi selkänsä vuoteelle ja Elisalle. Palasi ovelta takaisin ja veti lakanan tyhjään katsovien silmien yli.

Kylpyhuoneessa Olavi otti Elisan hammasmukin ja huuhteli moneen kertaan suunsa, puristi hammastahnaa sormeensa ja hankasi kielen, ikenet. Hän pudotti housut nilkkoihin, katsoi ihmetellen itseään ja saippuoi elimensä. Hankasi pitkään käsiään, hinkkasi huolellisesti kyynärpäihin asti aivan kuin olisi valmistautunut leikkaukseen. Elisan pyyhkeet olivat liian valkoiset, ja Olavi kuivasi itsensä vessapaperilla. Hän meni etsimään salkkuaan ja muisti, että se on autossa.

Lasienkeli roikkui valaisimessa, siima kiersi sen kaulaa kuin köysi. Olavi irrotti enkelin ja laittoi taskuunsa, puki eteisessä takin ja laittoi kengät jalkaan, tarkisti vaistomaisesti ovea sulkiessaan, että autonavaimet olivat taskussa. Hän seisoi hetken porrastasanteella, painoi avaimella hissin nappia ja mietti hajamielisesti, mihin oli jättänyt autonsa.

Kun Olavi käynnisti auton, enkeli painoi kipeästi vatsanpohjaa. Hän korjasi sen asentoa, ajoi läpi mustavalkoisen kaupungin ja kiihdytti moottoritielle, korjasi toistamiseen enkelin asentoa.

Hauras lasi rapsahti poikki ja siiven sirpale alkoi kaivautua taskunpohjan läpi, löysi nivustaipeen ohuen ihon ja painautui lihaan. Olavi ei huomannut, että veri alkoi pulputa kiveksille, mutta sen hän tiesi, että kotiin oli mentävä.

Muurlan liittymän ja Helomäen tunnelin välisessä kapeassa kallioleikkauksessa oli suuria kivenlohkareita pudonnut liki ajokaistan reunaa. Olavi jarrutti, ja enkelin sirpale painautui syvemmälle nivustaipeeseen. Hän nytkähti ja painoi vahingossa kaasun pohjaan. Tie oli helmikuisen liukas, auto törmäsi kiviin, palasi takaisin ajoradalle ja kieri kolme kertaa ympäri ennen kuin rysähti kallioseinämään tunnelin suulle.

Oli yö. Kaikki oli mustavalkoista ja sitten pelkkää mustaa, eikä Olavi enää tuntenut, miten perässä ajanut rekka törmäsi romukasaan, joka oli hetkeä ennen ollut hänen autonsa.

Miniä

Leo luuli kuolemaansa asti, että vaimo ei tiennyt Elisasta, mutta kyllä Annikki tiesi. Kerroin siitä samana päivänä, kun hän sai sen pahan sydänkohtauksen. Olimme taas kerran riidelleet lapsiasiasta, ja anoppi oli sanonut vedet silmissään, että olisi niin valtavan mielellään mummu, mutta hänelle ei sitä suotu.

Annikki oli vuosikausia painostanut meitä hakeutumaan adoptioperheeksi ja sanonut, että voisin jäädä kotiäidiksi, onhan Olavilla hyvät tulot ja suureen taloomme mahtuisi useampikin lapsi. Hän oli palannut aiheeseen kerta kerran jälkeen ja minä olin koko avioliiton ajan joutunut kantamaan syyllisyyttä.

Leo ei ollut koskaan painostanut minua, mutta Olavi oli jonkin aikaa ihmetellyt vastahakoisuuttani. Tiesin, että hän suri lapsettomuutta, mutta ei hänkään painostanut minua. Myöhemmin työ ja erikoistuminen muodostuivat hänelle tärkeiksi, ja hyvä niin.

Minä en halunnut ottolasta, sillä adoptioon liittyvän selvittelytyön seurauksena olisi ennen pitkää tullut ilmi, että minulla oli jo lapsi. Olin synnyttänyt pojan kuusitoistavuotiaana ja antanut pois suoraan laitokselta. En ollut kuullut lapsesta sen koommin. Olin kerrannut lukion ensimmäisen vuoden, kirjoittanut aikanaan ylioppilaaksi ja opiskellut sairaanhoitajaksi.

Kun olimme Olavin kanssa alkaneet seurustella, en tullut puhuneeksi pojasta, ja kun myöhemmin selvisi, että emme voi saada yhteistä lasta, oli jo liian myöhäistä. Ja mitä olisin voinut sanoa? Annikki ja Leo olivat uskovaisia, ei heidän maailmaansa olisi kovin helposti mahtunut ajatus au-lapsen tehneestä miniästä.

Sanoin monta kertaa Annikille, että ei meidän enää kannata yrittää, olimme liian vanhoja. Melkein nelikymppisillä ei ollut mitään mahdollisuutta päästä edes jonoon. Hän vastasi, että jospa se kuitenkin onnistuisi.

– Onhan teillä hyvä taloudellinen asema ja turvallinen ja vakaa avioliitto, niin kuin meilläkin Leon kanssa.

Olin saanut lapsiasiasta tarpeekseni. Näin punaista.

– Turvallinen ja vakaa avioliitto niin kuin teillä Leon kanssa, kuulin sanovani kylmällä äänellä.

– No, mutta onhan se niin, Annikki sanoi pienellä äänellä.

– Samanlainen kuin meillä.

– Samanlainen kuin teillä, ei varmasti ole!

Tiesin Leon naisesta. Olin nähnyt heidät kerran Jyväskylässä, Laajavuoressa, kun olin ollut ammattiosastoni edustajana liittokokouksessa. En tiedä, oliko Leo kokousmatkalla, vai olivatko he järjestäneet tapaamisen kyllin etäälle Espoosta, mutta huomasin heidät aamiaisella. Näin, miten he katsoivat toisiaan ja tiesin heti, että heillä oli takanaan yhteinen yö. En tiedä, näkikö Leo minut, ainakaan hän ei koskaan ottanut asiaa puheeksi.

Leo oli ollut lapsiasiassa hienotunteinen, ja olin päättänyt, että en puhu näkemästäni edes Olaville, mutta kun Annikki taas melkein suorin sanoin syytti minua, että hänellä ei ole lapsenlasta, mittani vain kerta kaikkiaan täyttyi.

– Leolla on toinen nainen, olen nähnyt heidät yhdessä! huusin. – Olavilla ei ole!

Annikki ei ensin näyttänyt ymmärtävän mitä sanoin. Hän katsoi minuun hämmentyneenä ja tarttui rintaansa. Käsivarret nykivät ja huulet alkoivat sinertyä. Hän yritti nousta, mutta valahti lattialle, ja suupielestä alkoi valua kuolaa kallisarvoiselle persialaismatolle. Järkytys oli liikaa, ja olin tahtomattani aiheuttanut sydänkohtauksen. Laitoin nitron hänen kielensä alle, soitin sydänambulanssin, ja hänet vietiin suoraan Meilahteen. Kun Annikki viikkojen päästä palasi sairaalasta, hän sanoi minulle tiukasti, että se mitä kerroit, siitä ei sitten ikinä puhuta. Ei puhuta myöskään pojasta, jonka synnytit ja annoit pois. Eikä puhuttu. Ei puhuttu minkäänlaisista lapsiasioista.

Kun Annikki kuoli, päätin, että kerron Olaville näkemästäni, mutta sitten ajattelin, että jääköön Leon salaisuudeksi. Olavi muuttui, kun Leo kuoli. Hän vältteli katsettani, oli oudolla tavalla etäinen ja levoton, eikä suostunut puhumaan isästään. Ajattelin, että Olavi suree omalla tavallaan ja annoin olla. Kun selvisi, että Leo, naisen tappo Hirvensalossa ja Olavin onnettomuus liittyivät yhteen, luulin sekoavani. Ja voi olla, että kadun koko loppuelämäni sitä, että en kertonut hänelle Leosta ja naisesta. Pojasta ja siitä, että Annikki oli tiennyt.

Ei olisi pitänyt, mutta aina on palattava,
sillä ilman paluuta ei ole enää lähtöjä.

Lähtö

Toisella matkalla lakkasin pelkäämästä ja voimasta pahoin. Minun oli pakko. Aallot vyöryivät veneen keulan yli ja vettä tulvi istuinlaatikkoon. Kun aallon harja murtui, pisarat kierivät veden pinnalla kuin marmorikuulat.

Kun olin lopulta uskaltautunut matkaasi, lähdimme Traminiasta varhain aamulla. Annoit minulle punaisen haalarin ja sanoit, että se suojaa suolaiselta vedeltä ja liialta auringolta. Puin päälleni myös oranssin pelastusliivin. Sen kaulus oli jäykkä ja hankasi ilkeästi niskaa.

Alkumatkasta tuuli oli tasaista, ja sanoit, että sen nopeus on kymmenen metriä sekunnissa. Kun kysyin, eikö sitä ole liikaa, sinä vastasit nauraen, että tällaisessa tuulessa vene kulkee parhaiten ja kysyit, pelkäsinkö. Minä vastasin ensin, että en. Hetken päästä lisäsin hiljaa, että ehkä vähän.

Alkoi tuulla kovemmin. Sinä ojensit sinisen köydenpätkän, jonka kummassakin päässä oli teräksinen kiinnityshaka. Sanoit, että se on elämänlanka, napanuora, ja käskit kiinnittää toisen pään pelastusliiviin, toisen ojentamaasi turvavaijeriin. Hyvä on, vastasin, vaikka palelin ja hampaani kalisivat pelosta.

Olin ostanut taloni kaksi vuotta aiemmin ja ihastunut ensinäkemältä sen auringon haalistamaan poltetun oranssin väriin ja punertavaan tiilikattoon. Taloa kiersi ikivihreä köynnös, joka polveili pitkin seiniä kuin syntymäkylääni halkova joki. En tiennyt köynnöksen nimeä. En edes halunnut tietää, sillä marraskuussa se avasi punavioletit kukkansa, jotka tuoksuivat öisin sellaiselta, jonka tiesin minulta puuttuvan. En pitänyt kukista, niissä oli liikaa lihaa.

Pidin saarta melkein omanani. Sen mustat ja valkoiset kivet inspiroivat kirjoittamaan. Pidin rannan hopeanvärisestä hiekasta, johon oli tuhansien vuosien ajan sekoittunut Etnan tuhkaa. Siitäkin pidin, että sinisinä päivinä taivaan ja meren yhtymäkohdan näki vain aamulla ja illalla, niinä lyhyinä hetkinä, kun aurinko nousi ja laski.

Kun tapasimme ensimmäisen kerran, istuit kyläni ainoalla laiturilla kuin omallasi ja soitit saksofonia. Sinulla oli vaaleat housut ja pitkähihainen paita, vaikka aurinko oli kuumentanut kivet ja hiekan. Minulla oli shortsit ja ruskeat säaret ja käsivarret. Olkapääni kesivät ja kutisivat. En pitänyt siitä, että istuit lankuilla, jotka olin raahannut laiturin päähän itseäni varten.

Kivet polttivat jalkapohjiani sandaaleista huolimatta, mutta en halunnut viereesi. Sinä olit tunkeilija. Häiritsit soitollasi saareni rauhaa. Ja minua. Tunnistin soittamasi, "You're always on my mind", hyräilin, ja sävelet kulkivat tuulen mukana kaakon suuntaan.

Kysyin, mistä olet tullut ja mihin olet menossa, sinä vastasit nauraen, että et tiedä. Sanoit olevasi Lentävä Hollantilainen, se, joka ei ole mistään kotoisin. Sinulla oli auringonpolttamat hiukset ja merenvihreät silmät, enkä minä osannut alkuun nähdä sinua oikein. En osannut nähdä tulta, joka poltti sinua, enkä sitä, että olit jossakin vaiheessa lakannut pelkäämästä. En tiennyt, että sinulla ei ollut enää mitään menetettävää, että olit jo menettänyt kaiken, millä oli ollut sinulle arvoa.

– Tuo on minun, sanoit ja osoitit lahdella kelluvaa purjevenettä. – Sen nimi on L' Avenir.

– En ole koskaan purjehtinut.

– Haluaisitko? Asutko täällä?

– En halua merelle. Minulla on talo.

Hait veneesi ja kiinnitit sen suojan puolelle laituriin. Tulit talooni ja asetuit elämääni kuin jäädäksesi. Rakastelimme vuoroin veneessä, vuoroin vuoteessani. Sinä olit nälkäinen, minäkin olin ollut pitkään yksin. Kun levitin rasvaa kuivalle, kutisevalle ihollesi, sanoit, että olet saanut liikaa aurinkoa. Ihmettelin, miksi olit valkoisempi kuin minä. Et vastannut.

Purjehdimme yhdessä vain päivän. Pelkäsin, vaikka tuulta oli vähän ja meri melkein tyyni.

Kuukauden kuluttua ehdotit, että lähtisimme käymään Taorminassa. Sanoit, että edestakaiseen matkaan menee reilu viikko, ja kun epäröin, kerroit että olet purjehtinut niillä samoilla vesillä jo seitsemän vuotta vaimosi kanssa. Et vastannut, kun kysyin, missä olit ollut ne kaksi vuotta ennen tapaamistamme. En koskaan kysynyt sitäkään, missä asuit, enkä sitä, miksi olit tullut saarelleni.

Lähdimme suoraan etelään, ja minä kysyin, miksi emme purjehdi itään lähempänä saarta. Sinä vastasit, että on pakko pysytellä kaukana rannasta, pinnan alla on teräviä kiviä, vanhojen tulivuorten jäänteitä, jotka voivat leikata veneen kylkeen aukon. Jos purjehtii liian lähellä rantaa, pitää tietää, missä merenalaisten vuorten huiput ovat.

– Etkö sinä tiedä?

– En!

– Vaikka olet ollut täällä ennenkin?

Et vastannut, huusit vain tuuleen, että "ylihuomenna illansuussa olemme perillä". Vene kallistui ja puomi heilahti pääni yli. Käänsit nopeasti kaakon suuntaan. Isopurjeen nostin hakkasi mastoon ja sinä puristit ruoria valkein sormin aivan kuin raju tuulenpuuska olisi yllättänyt sinut. Vielä toinen päivä tätä myräkkää, ajattelin ja aloin vapista, minulla ei ollut mitään, mistä pitää kiinni.

Ihmettelin, miksi kämmenselkäsi eivät ruskettuneet auringossa.

Aallot kasvoivat silmissä. Puuskittainen tuuli oli jo täysin vastainen, jouduit vaihtamaan suuntaa vähän väliä ja minusta tuntui, että emme edenneet yhtään. Veneen suippo keula jakoi veden kahtaalle kuin aura-auto vastasataneen lumen.

– Ei tämä ole edes paha, pahempiakin on ollut, sanoit ja pyyhkäisit kasvojasi. – Ensimmäinen veneeni upposi täällä, puhuit myrskyn yli.

– Milloin se upposi?

– Jo kolme vuotta sitten!

Pelkäsin tummaksi muuttunutta maisemaa, ja äkkiä koko meri tuntui syöksyvän veneeseen. Vettä oli joka puolella ja valui kauluksesta haalarin sisään. Minä yllätyin, miten lämmintä se oli.

– Käänny takaisin, tämä on aivan hullua, karjuin pärskeiden läpi. – Haluan rantaan!

– Haluat takaisin? Pelkäätkö?

– Olen märkä, tämä on hankalaa, yritin huutaa, mutta sain suun täyteen pärskeitä.

– Pelkäätkö? kysyit uudelleen.

– Pelkään!

Sinä huusit muutakin, mitä en kuullut, ja käänsit veneen niin yllättäen, että olisin pudonnut yli laidan, jos vaijeri ei olisi pitänyt. Sillä hetkellä minä lakkasin pelkäämästä. Tiesin, että se ei auttaisi. Sinä suuntasit veneen kohti rantaa, ja tuuli alkoi ajaa meitä takaa. Ajattelin vedenalaisia kareja, mutta en sanonut mitään.

Kun olimme tutustuneet ja kun olin alkanut rakastaa sinua, en ymmärtänyt, että tiesit jo eläväsi viimeisiä aikojasi. Et kertonut sitä minulle. En tiennyt sitäkään, että halusit minut vain puhuaksesi siitä, mitä olit menettänyt. Kun kerroin mieheni kuolleen kolme vuotta aikaisemmin, sinä pyyhkäisit sanani syrjään, aivan kuin ne eivät olisi sopineet maisemaan. Opin olemaan hiljaa asioistani. Kun kävelimme iltaisin rannalla, tai istuimme lasillisella Vinoteca del Traminiassa, sinä hankasit usein kasvojasi. Kun kysyin, mikä on vialla, vastasit, että tuuli kuivattaa ihoa.

Säikähdin, kun vene kallistui äkkinäisestä tuulenpuuskasta ja parras viilsi vettä. Luulin sen kaatuvan ja tartuin käsivarteesi. Sinä äänsit vihaisesti ja ravistit käteni irti.
– Haluatko takaisin taloosi? Luulin, että halusit lähteä mukaani. Sanoit, että halusit irti kaikesta. Minä luulin, että ymmärsit.
Puhuit niin hiljaa, että tuuli melkein söi sanasi.
– En minä ole irti elämästä, en edes irtoamassa, vastasin uhmakkaasti. – Haluan takaisin talooni ja omaan elämääni.
Minua pelotti nähdä, miten kylmäksi muutuit.
– Vie minut rantaan, pyysin hiljaa.
– Olet liian arka. Sinä et uskalla elää. Et ole hänen veroisensa. Et missään asiassa.
Vaikka oli lämmin päivä, sanasi putoilivat kuin rakeet.
– Kenen?
– Et kenenkään, tiuskaisit ja vilkaisit mastonhuippua.
Tuuli oli kääntymässä.

Koko edellisen viikon olit puhunut minulle vaimostasi. Olin kuunnellut hiljaa ja ajatellut omia ihmisiäni. Yrittänyt puhua meistä ja sanonut, että annetaan vanhojen asioiden olla. Olin pyytänyt, että puhutaan vain meistä kahdesta, tulevaisuudesta. Paluusta Suomeen.
– Ei meitä voi koskaan olla vain me kaksi, olit vastannut niin terävästi, että saatoin vieläkin tuntea veitsen kärjen kurkullani.
– Menneisyys kulkee käsi kädessä tulevan kanssa, olit jatkanut, kun en sanonut mitään.

Lopun matkaa olimme hiljaa, puhuttavaa ei ollut. Tuuli rauhoittui, mutta aallot olivat vielä korkeita ja vene oli yhtä rauhaton kuin minä. Aivan kun se olisi tuntenut minut, tai minä sen. Laitoin kahvia ja voileipiä. Söimme vaiti, aivan kuin sanat olisivat huuhtoutuneet mereen.

– Herätä, jos tuuli nousee, sanoit, laitoit veneen automaattiohjaukselle ja menit nukkumaan. Minä istuin ulkona ja katselin yön värejä. Kaukana näkyi laivojen valoja ja tunsin, että en ollutkaan yksin.

Aamulla meri oli asettunut. Tuuli kuljetti meitä kohti Traminiaa ja taloani. Loikkasin laiturille, mutta kun yritin kiinnittää köysiä, huusit, että anna olla. Hait kajuutasta kassini ja nostit ne laiturille. Katsoit minuun hetken, et sanonut mitään, käynnistit vain moottorin. Minä heitin köydet avotilaan. Sinä keräsit ne kiepille ja lähdit taaksesi katsomatta.

Huhtikuussa suljin talon ja palasin Helsinkiin. Vietin kesän tyttäreni perheen luona maalla ja jatkoin elokuussa kirjoittamista. Kirjani alkoi taas edetä ja uskoin saavani sen pian valmiiksi.

Olin alkanut jo unohtaa, mutta en ennättänyt ihan kokonaan, sillä sinä tulit yllättäen Suomeen ja etsit minut käsiisi. Kun kysyin, kuinka kauan aiot viipyä ja missä asut, vastasit, että asut Tapiola Gardenissa muutaman kuukauden. Asioiden vuoksi. Olisin halunnut kysyä, että minkä asioiden, mutta tiesin jo, että et vastaisi.

Palasimme vuoteeseen, mutta sinä olit rauhaton ja halusit merelle. Sanoit, että kaupunki ahdistaa ja sen korkeat talot ja kiviseinät kaatuvat päällesi. Kävelimme Lauttasaaren rantoja, ja sinä katsoit kauemmaksi kuin olisit tunnistanut veneesi niiden kymmenien joukosta, jotka tulivat ja lähtivät.

Kävimme elokuussa Tukholmassa. Sinä ostit minulle kapteeninlakin ja kiinnitit siihen kultaisen ankkurin. Sanoit, että se pitää minut kiinni, mutta et jatkanut, kun minä kysyin, että missä. Kuuntelimme Östermalmilla saksofoninsoittajaa, ja sinä sanoit, että tarvitset minua yhtä kipeästi kuin tukevaa laituria jalkojesi alle.

Ajatukseni kulkivat edestakaisin Traminian ja Helsingin väliä. Et antanut pitää kädestäsi kiinni, mutta yritin olla onnellinen. Alkuun yritin kirjoittaa, mutta sinä vaadit täyden huomioni. Välillä katosit päiväksi, etkä palattuasi kertonut, missä olit ollut. Opin olemaan kysymättä, ja kun lopulta pyysit minut mukaasi, en halunnut enää lähteä. Marraskuussa sanoit lähteväsi Traminiaan.

– Tulen tammikuun alussa. Haluan viimeistellä kirjani rauhassa.

– Rauhassa?

Näin, että loukkaannuit sanoistani.

– Tarkoitin, että itsekseni, yritin selittää. – Kun olen yksin, pystyn paremmin keskittymään.

– Olen loppuajan Gardenissa, tiuskaisit ja pakkasit kassisi, lähdit muuta sanomatta, ja minä tiesin, että kirjoittamisesta tulisi vaikeata.

Venettäsi ei näkynyt, kun palasin saarelle. Kiertelin kylässä ja kysyin kalastajilta, olitko käynyt. Olit käynyt, he sanoivat, lähtenyt taas niin kuin aina ja että minä olin ainoa, joka kysyi sinua. Palasit vasta helmikuussa, jätit veneen ankkuriin ja soudit rantaan. Odotin sinua laiturilla, niin kuin olin odottanut joka ilta kohta kuukauden.

– Olin Taorminassa, sanoit kun tulit.

– Syötkö sinä kunnolla?

Katsoin sinua. Olit kalpea ja laihtunut. Kasvoillasi oli uusia uurteita. Poskipäät erottuivat selvemmin kuin ennen ja hymysi oli kireä, aivan kuin se olisi jäänyt kiinni kulmahampaisiin. Vastasit äreästi syöväsi riittävästi ja näin, että sinua puistatti.

– Paleleeko sinua?

– Palelee!

Lämpömittari näytti kolmeakymmentäkahta astetta, ja sinä jatkoit puhettasi rupattelutyyliin, sanoit kuolevasi pian. Puhuit niin tavanomaisella äänellä, että luulin ensin sinun toivovan huomiseksi sadetta.

– Kuolet?

– Kuolen, sanoit tyynesti. – Keuhkosyöpä etenee vauhdilla. Hoidot eivät enää auta, syöpäsolut ovat tehneet etäispesäkkeitä luustoon. Kun luut murenevat, päädyn vuodepotilaaksi, elinaikaa enimmillään kai puoli vuotta. Jos liian hyvin käy.

En ensin ymmärtänyt, hetken päästä huuto repi kurkkuani ja löin sinua suoraan kasvoihin. Taoin nyrkeillä rintaasi ja sinä otit ranteistani kiinni. Sanoit tylysti, että anna olla.

– Sinä et ollut koskaan hänen veroisensa, et koskaan. Sinä olit minulle vain kohtalaisen helppo pano.

Käänsit selkäsi ja soudit veneelle.

Minä katselin laiturilta, kun nostit ankkurin ja lähdit kaakkoon. Sillä hetkellä sinusta tuli minulle taivas ja helvetti.

– Älä kuole, huusin peräänsi niin kovaa kuin ääntä lähti. Älä jumalauta kuole! Tule takaisin, valitin ääneti. Tai kuole sittenkin ja tee se pian, jos et kerta enää parane!

Istuin laiturilla koko illan ja itkin peräänsi. Pieni hiekanvärinen koira ilmestyi laavakivikasan takaa. Se juoksi luokseni kolmella jalalla, istahti viereeni ja uikutti hiljaa. Silitin koiraa. Se asettui makuulle ja näin, että vasen takajalka oli purtu melkein irti.

– Älä sentään kuole. Kyllä sinä vielä paranet, puhuin hiljaa. Koiralle tai miehelle, en tiedä kummalle sen sanoin, vai sanoinko itselleni. Minunkin jalkani oli katkennut.

Sinä et palannut, vaikka odotin koiran kanssa rannalla kesäkuun kuumiin päiviin saakka. Ja kun palasin taas marraskuussa saarelle, kuulin kalastajilta, että olit syksyllä kuollut ja tuhkasi oli tahtosi mukaan ripoteltu mereen. Samaan paikkaan, mihin veneesi oli uponnut ja vienyt mukanaan vaimosi, jota ei koskaan löydetty.

Paluu

En pystynyt kirjoittamaan, mutta en tiennyt, että surin itseäni, luulin surevani sinua. Kun kuljin rannalla tai istuin laiturilla, minusta tuntui, että meitä oli jäljellä vain me kaksi ja minä uskoin sinun vielä palaavan.

Kolmijalkainen koira juoksi mukanani. Se toipui pikkuhiljaa, istui rinnallani eikä enää uikuttanut. Minä uikutin. Näin sinut jokaisessa aurinkoa vasten heijastuvassa purjeessa ja kun tuulenpuuskat vavisuttivat mastoja, tunsin valkeiden sormiesi puristavan jokaista ruoria. Tuulella kuulin sinut parhaiten. Kun nostimet hakkasivat mastoja vasten, soit minussa kuin alakuloinen fagotti.

Lopulta sinä palasit. Palasit samalla tavalla kuin veneet, jotka joka ilta kiinnittyvät poijuihin. Tulit takaisin sillä taianomaisella hetkellä, kun aurinko laskee, ilta muuttaa suuntaa ja varjoissa viilentynyt ilma alkaa virrata maalta merelle.

Istuin koiran kanssa hopeisella hiekalla. Veneesi tuli taas kaakosta kohti rantaa ja minä olin riemuissani. Ennen poijua se katosi kuin uni levottomasti nukutun yön jälkeen, aikaisin aamulla, kun kukaan ei vielä tiedä, mitä päivä tuo tullessaan. Iloni sammui. Minun oli paha olla.

En viihtynyt enää talossani, myin kaiken ja palasin kotiin. Tapasin taas kustannustoimittajaani ja sain vuoden mittaan kirjani valmiiksi. Se julkaistiin ja minut kutsuttiin Tukholmaan. Olin jo väsynyt puhumaan kirjastani, mutta kun laiva irtosi laiturista, uskoin, että jaksan vielä yhden tilaisuuden.

Olin vienyt tavarat hyttiin ja pukeutunut alusvaatteista alkaen uusiin vaatteisiin. Olin maalannut huuleni, vaikka en tehnyt niin koskaan, kun sinä elit. Olin laittanut parfyymiä, sitä josta minä pidin, sinä et.

Ei olisi pitänyt haistella valkeata vuodetta, eikä etsiä vanhojen matkojen tuoksuja. Mieleen nousivat unettomat yöt, kun nauroimme ja rakastelimme, ja mankeloimme lakanoihin uudet laskokset. Ne olivat toisenlaisia kuin lakanat, jotka sairaalassa raapivat ihosi verille. Sitten myöhemmin, aamuyöstä, kun olit jo palaamassa loppuun, enkä minä tiennyt siitä.

Ei olisi pitänyt mennä laivan Buffet-ravintolaan. Sinä pidit siitä, minä en. Kun menin jonoon, tulit perässäni ja kun palasin pöytään, istahdit vastapäiseen tuoliin. Et sitten ottanut katkarapuja, sanoit ja hymyilit leveästi niin kuin sinulla oli tapana. En ottanut, minä vastasin, niin kuin silloin aikaisemmin. Muistathan, että ne viihtyvät parhaiten merelle johdettujen viemäreiden suuaukoilla. Muistan, muistan. Olet hassu, sanoit nauraen.

Muistin, että olit sanonut niin Traminiassa. Olit sanonut samalla tavalla Tukholmassa ja painanut syntymäpäivänäni päähäni kapteeninlakin. Halusin koskettaa sinua, mutta en yltänyt. Näin lävitsesi ja kun ojensin käteni, sinä ohenit ja katsoit yhtäkkiä poispäin niin surullisen näköisenä, että minua alkoi pelottaa.

Hassu. Tartuit käsiini, kosketit kevyesti valtimoitani niin kuin ennen.

Vedin käteni pois. Sinä silitit valkoista tärkättyä liinaa, jolle joku oli aikaisemmassa kattauksessa jättänyt kasan leivänmuruja.

Hassu. Pyyhkäisit muruset lattialle, nousit, käänsit selkäsi ja lähdit.

Minun oli pakko seurata. Kävelit auringon puolelta varjon kautta laivan perään ja jäit seisomaan kaiteen viereen. Tuuli kieputti lippua, laiva keinui. Se tuntui kipeänä sisälläni. Vanavesi kiehui ja näytti yhtä vaaralliselta kuin aina.

Hassu? Katsoit kysyvästi ja tartuit kaiteeseen.

Kalpeat kätesi puristuivat lipputangon ympärillä ja vaihdoit sanaa. Sanoit, että olen hullu, että olen ollut sitä aina. Että minulta puuttuu rohkeutta elää ja rohkeutta kuolla.

– Et sinä ole ollut elossa koskaan.

Äänesi oli niin kylmä, että kuulin hukkuvani. Vaikka oli vasta lokakuu, ahtojäät painautuivat minuun kahdesta suunnasta, mutta sinä vain jatkoit. Sanoit, että elän vain kirjassani, olen oman elämäni taustahahmo, itseni varjo.

– Varjossa eläjä!

Sanasi nousivat kuin veden alta. Ne osuivat ja sinä näit sen. Sanoit uudelleen, että olen varjossa eläjä ja että kerron tarinoitani aivan kuin ne olisivat tosia, että elän vain tarinoissani. Ei niihin kukaan usko, ei minuunkaan.

– Olet tyhjää täynnä!

Syysmyrsky piirsi viivaansa veteen. Aurinko laski ja laiva leikkasi merta auki. Se vapisi ja pelkäsi uppoavansa, mutta tiesi pysyvänsä pinnalla ja elossa. Minä olin kuolemassa, hitaasti ja varmasti, sillä näin itseni läpi. Olin kuin harso mieleni ympärillä.

Vapisin, kun ymmärsin, että sinä eläisit ikuisesti, vaikka tekisin mitä. Tunsin kipua syvemmällä kuin ennen, jossain sellaisessa paikassa, mihin ei kukaan vielä ollut yltänyt iskemään. Sinä seisoit kaiteella ja äänesi sekoittui tuulen huutoon. Yritin nousta viereesi.

– Hullu, hullu, toistelit ääni ivaa täynnä.

Perälipun tanko oli liukas, en saanut otetta. Katsoin tieksi avautuvaa vanavettä. Katsoin lävitsesi yksinäisiin öihin ja näin veneesi kulkevan ilta-auringossa kaakon suuntaan. Ojensit kättäsi.

– Älä koske minuun, huusin ja peräännyin kaiteen vierestä.

– Olet tosiaankin hullu.

Naurusi repi korviani.

– Etkö sinä vieläkään ymmärtänyt, että minä en ole ollut koskaan yksin.

Kuulin äänesi tuulessa.

– Aina on ollut toinen, tiedät kyllä kuka. Sinusta ei koskaan tullut hänen veroistaan. Ei meitä koskaan ollut, eikä tule olemaan, vain me kaksi.

– Mene, sanoin hiljaa ja tönäisin.

Käteni lävisti sinut, ja hetken vielä ranteita polttivat hoikat soittajan sormesi.

"Jossakin minä unohdin Traminian"

Mutta sitä minun ei olisi pitänyt tehdä, sillä ajasta saarella oli seurauksensa, hyvässä ja pahassa, alussa ja lopussa. En olisi millään uskonut, että joku paikka maailmassa jää asumaan minuun ja tulee uniini, sillä kotiin palattuani aloin nähdä painajaisia. Niissä oli aina meri, liikaa vettä, liian suuret aallot ja tahmea ranta.

Aamulla minussa suolaista vettä ja hampaissa likaa, vaikka illalla nukkumaan mennessä ne pesin ja öljysin suuni. Hiekka rahisi kitalaessa. Kielen alla sulivat suolarakeet kuin nitrot. Sydän eli täysin omaa elämäänsä, se leiskui, hakkasi ja värisi, se pelkäsi unohtaa ja pelkäsi muistaa.

Traminia, uneni maisema. Mustaa laavaa. Kipeitä kiviä. Niin kipeitä, että ne vaikuttavat kuolleilta, vaikka ovat enemmän elossa kuin minä. Kivien välissä kasvaa matalia kukkia, jotka tuoksuvat mereltä ja rakkaudelta. Se ei kuulu enää minulle.

Minun vuoteeni haisee mätäneviltä kaloilta ja kovilta sanoilta. Kuolleet sielut vaeltavat suljetulla osastolla edestakaisin pitkin kaipauksesta kaikuvia äänettömiä käytäviä. Miehet kulkevat harmaissa vaattcissa, silmät vieraina, naiset kuin hukkumista peläten. Kaikkia palelee jatkuvasti, aivan kuin sairaalassa olisi ikuinen talvi.

Muistot eivät enää palaa, vaikka en unohda, ja vaikka haluaisin muistaa Traminian muutenkin kuin painajaisissa. Sillä kaikki mitä tapahtui, tapahtui siellä. Se, että sain, se että taas kadotin ja että unohdin. Tai oikeastaan lakkasin muistamasta. Siksi, että en unohtaisi.

Traminia, sen elävät kivet. Toivonko, että muistot joskus palaavat kuin veneet? Illansuussa, kun on valon viimeinen

minuutti. Kun auringon vihreä säde leimahtaa merestä kuin
miekka ja tekee kaaren, ennen kun iskee yön auki,
Kolmijalkainen koira haukkuu rannalla.
Minä odotan aikaa. Ja sinua.

Kolmijalkainen koira

Jos olisin arvannut etukäteen, että Anne on niin hauras, olisinko painostanut häntä niin paljon sen käsikirjoituksen kanssa. Luettuani kolmekymmentä ensimmäistä liuskaa, ymmärsin kirjassa olevan ainesta niin vahvaan läpimenoon ja suuriin myyntilukuihin, että en pystynyt hillitsemään intoani. Kirja oli pakko tehdä.

Yritin sitkeästi saada Annen pysymään pidempiä aikoja Helsingissä, mutta hän pakeni minua aina kun voi. Osti talon sisilialaiselta pikkusaarelta, ja minulla oli täysi työ selvittää sen osoite. Otin yhteyttä tyttäreen ja sanoin olevani huolissani. Ilmeisesti tytärkin oli, sillä sain osoitteen, vaikka Anne oli kieltänyt sitä antamasta.

Se kirja oli työn ja tuskan takana. Anne kulki Helsingin ja Italian väliä, jätti käsikirjoituksen välillä makaamaan, mutta sitkeällä yhteydenpidolla sain hänet aina innostumaan. Soitin usein ja kirjoitin pitkiä kirjeitä. Tapasimme aina, kun Anne oli Helsingissä, ja minä puhuin ja jankutin. Työtoverit sanoivat monta kertaa, että en saisi painostaa.

Viime keväänä tavatessamme Anne huusi minulle, että kirjoittaminen ei ole elämän ja kuoleman asia. Yritin rauhoitella häntä ja sanoin, että kirjalla on suuri tulevaisuus edessään.

– Kirjalla ja kirjalla! Entäs minä? Mitä minulla on?

Anne meni ovelle ja katsoi minuun ahdistuneena.

– Älä näyki. Olet kuin joku perkeleen pitbull-terrieri. Koko ajan saan pelätä, milloin isket hampaasi minuun! Anna minun elää muutenkin! hän huusi, löi oven auki sellaisella voimalla, että se iski seinään ja huusi vielä käytävällä, että ei tällaisissa paineissa, jumalauta, kukaan pysty kirjoittamaan sanaakaan.

Kustannuspäällikkö ihmetteli, mistä oli kysymys. Vastasin jotakin ympäripyöreätä hermostuneista esikoiskirjailijoista ja tunsin itseni turhautuneeksi, mutta käsikirjoitus teki minusta riivatun, olin jo alustavasti neuvotellut sen julkaisemisesta myös Italiassa.

Anne ei palattuaan kertonut, mitä saarella oli tapahtunut. Sanoi vain myyneensä talon ja alkaneensa taas kirjoittaa. Hän vaikutti rauhalliselta, mutta kirjoittaminen oli pakonomaista. Hän halusi meidän tapaavan kerran viikossa perjantaisin ja minun lukevan tekstit mitä pikimmin. Vuoden mittaan kirja lopulta valmistui, ja odotin siltä paljon, kritiikki oli ylistävää ja myyntiluvut jopa paremmat kuin olin osannut odottaa.

Esittelin Annen Helsingin ja Turun kirjamessuilla, ja hänet kutsuttiin tavan takaa erilaisiin tapahtumiin kertomaan, miten hänen epätavallinen tarinansa oli syntynyt. Puhuminenkin oli pakonomaista, ja Anne alkoi väsyä, mutta sain hänet lähtemään vielä Tukholmaan.

Laivan henkilökunta oli kiinnittänyt Anneen huomiota Buffet-ravintolassa. Hän oli hakenut ruokaa ja puhunut itsekseen, siirrellyt pöydässä lautasia puolelta toiselle ja lähtenyt kesken kaiken kiireesti pois. Joku henkilökuntaan kuuluva oli nähnyt Annen juoksevan kohti takakantta ja kysynyt, mikä hätänä. Anne ei ollut pysähtynyt.

Onneksi Kompassi-baarin tarjoilija oli nähnyt hänen yrittävän nousta kaiteelle ja rynnännyt ottamaan kiinni. Anne oli ollut sekava, huutanut itkuisesti työntäneensä Laurin mereen ja puhunut kolmijalkaisesta koirasta.

Kävin kerran katsomassa Annea sairaalassa. En ollut tuntea. Mutta kirja on menestys! On oikeastaan sääli, että hän itse ei ymmärrä siitä mitään. Hyvin harvoin mietin omaa osuuttani Annen sairastumisessa. Eihän se nyt voi minun syytäni olla, mutta Kolmijalkaisen koiran suuret myyntiluvut lasken ansiokseni.

Ensimmäinen isku tulee aina yllättäen,
toiseen osaa jo varautua, mutta
jos jää odottamaan kolmatta, kuolee,
sillä elämä iskujen varjossa ei ole elämää.

Tule tyhjin käsin

Aurinko oli kuumentanut mustat metalliset terassituolit polttaviksi istua. Oli ollut pilvetön päivä, ja vaikka oli jo ilta, kuuma ilma väreili ratakiskojen yläpuolella ja keräsi kosteutta pöytään unohtuneen vesikannun kylkeen. Kuljettaja huudatti junaa. Joku perjantaikiireinen yritti vielä ennättää sen editse radan yli. Olin tullut pyörällä kaupunkiin. Autoni oli huollossa.

Ilahduin, kun Mari kutsui minut seuraansa, mutta pidin outona, että hän alkoi heti kertoa elämänsä tarinaa, vaikka emme vielä edes tunteneet toisiamme. Outoa oli sekin, että tarina alkoi keskeltä ja purkautui molempiin suuntiin kuin helma, joka alkaa aueta kahtaalle, kun kiskaisee joutilaannäköisestä langanpäästä.

"Tule tyhjin käsin, minä rakastan sinua", mies oli sanonut. He olivat tavanneet Seurahuoneella Ystävänpäivätansseissa. Mies oli ottanut tiukasti Marin kädestä kiinni, ja Mari oli melkein saman tien muuttanut miehen luo.

– Ja neljän kuukauden kuluttua tapaamisesta ajoin polkupyörällä kesäkuisessa tihkusateessa kohti vuokrayksiötä tuonne halvemmalle puolelle kaupunkia, Mari heilautti päätään aseman takana kohoavan kerrostaloalueen suuntaan.

– Kuivaniemeen?

– Porttilankadulle, omaisuus neljässä muovikassissa ja ruskeassa pahvilaatikossa. Kassit roikkuivat pyöränsarvista ja laatikko keikkui putoamaisillaan tarakalla. Rautatien ylikulkusillalla muistin Edith Södergranin runon, jossa sanotaan, "Kohtalonvuorelta näkyy selvästi, miten kulkee tie, Elysiumista Haadekseen".

Mari nosti viinilasiaan ja sanoi, että kesälomalle. Hän pyyhkäisi pöydältä punaisen renkaan paperinenäliinaan. Läikähti vähän, hän jatkoi, kun näki että katsoin, vasta ensimmäinen lasillinen loman kunniaksi ja nyt jo läikytän puolet pöydälle.

– Onneksi ei ole liinaa, nostin omaa lasiani.

Vaihdoin aurinkolasit silmälaseihin ja kaivoin repusta paperinipun lukeakseni, mihin olin sitoutunut. Juoma sihisi ja auringonsäteet sulattivat jäitä. Siirsin lasin varjoon. Pöytään jäi märkä jälki, joka kuivui saman tien. Mari oli puhetuulella.

– Kossuvissy?

– Pelkkä vissy, olen pyörällä, pitää ajella vielä takaisin maalle.

Ensimmäinen siemaisu kirpaisi suupieliä ja jääkuutio valahti kielelle. Pyyhin hikeä kasvoiltani, oli kuuma. Teki mieli pudottaa jääpala rintojen väliin ja painaa toinen vasten otsaa.

Minut oli kaksi vuotta aiemmin siirretty poliisin tehtävistä ennenaikaiselle eläkkeelle. Olin muuttanut Helsingistä mummoltani jääneeseen mökkiin, opiskellut uuden ammatin ja aloittanut huhtikuussa toimistotyöt Viherkodossa. Marin kanssa olimme tutustuneet pintapuolisesti, niin kuin nyt työssä voi tutustua.

En enää halunnutkaan asua maalla, kaukana naapureista. Siihen oli syynsä. Suunnittelin muuttoa kaupunkiin ja olin käynyt harjunkupeessa katsomassa asuntoa. Se oli juuri remontoitu, ja varjonpuolen viileällä parvekkeella tuoksui metsä. Se merkitsi minulle paljon, niin kuin sekin, että en aistinut siellä iloja enkä suruja. Seiniltä oli maalattu pois aikaisempien asukkaiden unelmat ja pettymykset. Kattiloiden tummat jäljet olivat lähteneet vanhojen kaappien mukaan, kahvinkeittimeen kuivuneen kahvitilkan tyly raudan haju oli haihtunut.

Silitin vahatun työtason pintaa. Käteeni jäi sitruunan tuoksu, ja sanoin välittäjälle, että haluan tämän, maksan asunnosta sen, mitä pyydetään. Antti lupasi soittaa varmistuksen kaupasta vielä ennen iltaa. Olin valmis maksamaan enemmänkin, rahaa minulla oli, ja halusin muuttaa niin pian kuin mahdollista.

– Tie Elysiumista Haadekseen, Mari naurahti, ja kiinnitti hiuksensa ylös. – Hiostavat niskaa, kosteat, hän jatkoi ja kohotti kasvonsa aurinkoon. – Vähän väriä naamaan.

– Tie ylhäältä alas on suora ja putoaminen nopeaa, vastasin puoliääneen, sillä tunsin runon, mutta en tiennyt, mitä oli tulossa.

Laitoin paperit takaisin reppuun ja siirsin sen varjoon pöydän alle. Valo piirsi pöydän pintaan aurinkolasieni tummat varjot. Siristin silmiäni ja vaihdoin toiseen tuoliin. Käänsin selkäni auringolle.

– Haluatko aurinkovarjon auki?

– Ei, näin on hyvä, sanoin ja kosketin kylmää lasia.

– Neljä muovikassillista ja pahvilaatikko matkalla vuokrayksiöön. Ainoat, mitä minusta oli jäljellä. Onneksi olin sentään pitänyt työpaikkani, vaikka muutoin olin ollut sokea, Mari jatkoi tarinaansa.

– Kuka tahansa on, jos vielä tämän ikäisenä tapaa ihmisen, joka sanoo, että tule tyhjin käsin, minä rakastan sinua. Sehän on kuin tarjous taivaspaikasta. Ei sellaista voi torjua, sanoin ja hätkähdin vähän.

Jo kuukauden kuluttua ensitapaamisesta Mari oli myynyt asuntonsa ja antanut osan rahoista lapsilleen ennakkoperintönä. Hän oli antanut heille myös osan huonekaluistaan ja astioistaan ja lahjoittanut ylimääräiset tavarat kuvataidekoulun kirpputorille. Nuoremman tyttären pihavarastossa oli säilössä isomummulta perityt astiat ja liinavaatteet, kaksi vanhaa persialaista mattoa ja mummun kutoma ryijy.

– Esko on jo reippaasti yli kuusikymppinen leskimies, jonka maineessa ei kylällä kiertävien tietojen mukaan ollut ryppyä, ei tahraa, Mari naurahti. – Kelpo mies, ja vielä sopivan komeakin.

Ajattelin uuden asuntoni kalustamista ja ynähdin jotakin yhdentekevää, mutta sitten hätkähdin.

– Esko?

Voi hyvä Jumala, ajattelin, ja kylmä henkäisi helteestä huolimatta ylitseni. Mari? Tekstiviestin Mari? Ystävänpäivämari? Ajatukseni vilistivät kuin sisiliskot kuumilla kivillä. Siemaisin lasista niin suuren suullisen, että aloin yskiä. Ystävänpäivämari.

– Vuodet ovat vain numeroita, klisee, mutta yhtä kaikki, Mari sanoi hitaasti kuin ajatuksiani arvaillen.

Pyyhin silmiäni ja niistin nenäni, ettei Mari näkisi kauhuani. Pelkäsin, että käteni alkaisivat täristä, mutta sain tyynnytettyä mieleni, ja hetken hiljaisuuden jälkeen Mari jatkoi, että Esko lupasi kantaa häntä käsillään koko loppuelämän.

– Ja sinä uskoit?

– Ja minä uskoin! Olin elänyt eron jälkeen liian pitkään yksin. Herrajumala, tiedäthän sinä, miltä tuntuu, kun uuvuttavan työrupeaman jälkeen istahtaa paikoilleen ja saa ruokaa ja juomaa. Olin väsynyt elämään yksin, ja suoraan sanottuna miehen puutteessa.

Mari ei tuntunut odottavan vastausta, vaan jatkoi hiljaista puhettaan.

– Ei olisi pitänyt niin pitkään, aika kului ja rypyt naamassa lisääntyivät, hän naurahti ja lähti hakemaan uutta lasillista.

Ystävänpäivämari. Minua puistatti. Ajattelin, että Marin lähettämästä tekstiviestistä oli alkanut minun matkani Haadekseen. Esko ei tiennyt, että olin nähnyt viestin, mutta olin siitä lähtien pitänyt häntä silmällä ja kuunnellut viestien kilahtelua.

– Sitä alkaa ajatella, että ei enää kelpaa, että on liian vanha, Mari palasi pöytään.

– Ja alkaa häpeillä ikääntymisen tuomia muutoksia, sanoin ja mietin ryppyjäni ja poimujani.

Mietin roikkuvia rintojani ja orastavaa helttaa leukani alla.

Naurahdin ja kurkussani nykäisi, miten outoja ajatuksia omituisessa tilanteessa.

Mari oli muuttanut tyhjin käsin niin kuin mies oli halunnut, mutta piti työpaikkansa, vaihtoi vain päivävuoroon. Mies laittoi kotona ruokaa ja annosteli sen valmiiksi lautasille. Mari olisi halunnut osallistua kuluihin, mutta Esko oli sanonut tiukasti, että hänellä riittää, molemmille.

Vuoteessa mies oli keskittynyt Mariin niin intensiivisesti, että hän oli tuntenut olevansa nainen kaikessa, missä vain voi olla. Marin silmät muuttuivat muistoista tummiksi. Vieläkin?

Minä olin seurustellut Eskon kanssa jo kaksi vuotta. Hän oli asunut vuoroin kaupungissa ja vuoroin luonani. Olimme tehneet varovaista remonttia vanhaan talooni. Esko olisi halunnut laittaa seinät uusiksi ja hävittää kaiken entisen. Minä en suostunut.

Olin aina pitänyt tuvan vaaleanharmaaksi maalatusta pinkopahvista ja seinien alaosaa kiertävästä sinertävästä puolipaneelista, kahden pienen kamarin kosteudesta kupruilevasta kukkatapetista. Mummun vanhoista huonekaluista ja ajan niihin tuomasta patinasta, pöytien ja tuolien sileiksi hioutuneista pinnoista, siitä, että elämä oli tehnyt lankkulattioihin omat poikittaiset polkunsa ja nostanut kynnyspuiden oksankohdat koholle.

Ystävänpäivämari. Halusin pudottaa hänet maanpinnalle, mutta en tiennyt, miten sen tekisin. Kertoisinko, että saman minäkin olin kokenut, ja kuljin nyt hurmioni kanssa edestakaisin taivaan ja helvetin väliä? Kertoisinko, että halusin Eskoa ja samalla vihasin miehen jokaista kosketusta? Vai sen, että kun huusin lauetessani, en tiennyt kumpaa inhosin enemmän, Eskoa vai itseäni.

– Ja tätä onnea ja autuutta kesti sitten sen kolme kuukautta, tokaisin tylymmin kuin olin aikonutkaan.

Mari katsoi olkani yli asema-aukiolle.

– Kolme kuukautta ja kaksi päivää tarkkaan laskien, hän sanoi. – Siitä, kun muutin Eskon luo. Muuttopäivästä.

Mari oli muuttanut mukanaan vain vaatteet pahvilaatikoissa ja kuvat lapsista ja lastenlapsista. Hän oli laittanut kuvat lipaston päälle, mutta Esko oli siirtänyt ne laatikkoon ja sanonut, että ei halua minkään kodissaan muistuttavan Marin aikaisemmasta elämästä. Eivätkä hälytyskellot soineet, hän kertoi tyynesti kuin ihminen, joka uskoo jo olevansa tunteittensa kanssa tasoissa.

– Olin rakastunut, niin rakastunut kuin ihminen vain voi olla.

Niinhän minäkin olin ollut. Olin uskonut, kun mies oli sanonut, että olen ainutlaatuinen, eivätkä kellot soineet minullekaan, vaikka Esko oli viettänyt aikaa toisaalla ja ollut öitä poissa.

Marille hän oli kertonut remontoivansa vanhaa taloaan, mutta ei vienyt häntä sitä katsomaan. Kun Mari oli kysellyt talosta, Esko oli vastannut, että annetaan sen olla yllätys, ja yhtenä aivan tavallisena päivänä mies oli kertonut laittaneensa kaupunkiasunnon myyntiin ja muuttavansa yksin maatilalle. Sanonut, että Mari saisi toki jäädä kaupunkiasuntoon, kunnes löytää kodin. Kiirettä ei ollut.

Värähdin. Kylmä kävi taas ylitseni. Aurinko siirtyi hetkeksi vanhan lämpövoimalan piipun taakse. Olin juuri tullut töistä, Mari jatkoi, seisoin eteisessä, kun Esko tyynesti kertoi asiansa ja luikahti ovesta ulos. Mies oli huikannut rappukäytävästä, että jos hän ei satu olemaan paikalla, kun Mari muuttaa, avaimet voi jättää keittiön työtasolle. Mari ei ollut saanut takkia päältään, eikä tiennyt, kuinka oli päätynyt sohvalle, siitä hän kuitenkin löysi itsensä aamulla.

– Vaihdoin vaatteet ja lähdin töihin, hän puhui ilman tunnetta. – Työkaverit kysyivät aamukahvilla, mitä olen tehnyt hiuksilleni, olenko värjäyttänyt ne. Menin vessaan ja katsoin peiliin. Hiukseni olivat harmaantuneet yhdessä yössä. Aloin oksentaa.

Minuakin oksetti. Marin tarina oli niin hirvittävällä tavalla totta, että olisin voinut jatkaa hänen kertomaansa. Tiesin, miltä tuntuu pudota taivaasta suoraan helvettiin.

Eron jälkeen Mari oli elänyt kuin sumussa. Alkuun hän ei tiennyt, kenelle kertoa ja mitä sanoa. Lopulta hän puhui asunnontarpeesta työpaikalla ja sai sitä kautta vuokrayksiön. Hän osti kirpputorilta huonekaluja. Pöytä ja tuoli mahtuivat juuri ja juuri keittokomeroon ja sänky alkoviin. Punainen korkeaselkäinen nojatuoli oli alkuun pienen olohuoneen ainoa kaluste.

Kun Mari oli mennyt hakemaan tavaroitaan tyttären varastosta, häntä oli itkettänyt ja nolottanut, eikä hän halunnut puhua mitään.

– Kannattiko? Hanna oli huutanut. – Muistatko, mitä sanoin? Jumalauta!

– Älä, Mari oli sanonut hiljaa ja yrittänyt olla itkemättä.

Hanna oli halannut äitiään ja pyytänyt anteeksi.

– Minua vain suoraan sanottuna niin vituttaa tämä kaikki, että tekisi mieli mennä ja repiä siltä paskiaiselta pallit irti ja syöttää ne koirille!

Mari ei ollut sanonut mitään, hän ei jaksanut edes nauraa, kantoi vain laatikoita autoon. Hanna oli halannut äitiään ja pyytänyt uudelleen anteeksi. Porttilankadulla hän oli auttanut Marin ripustamaan ryijyn seinälle ja levittänyt matot lattialle, imuroinut ne perusteellisesti ja tarjoutunut hakemaan loput tavarat autolla.

– Ei, ei, minulla on siellä pyöräkin, se pitäisi sitten hakea erikseen, Mari oli kieltänyt. Hän oli illansuussa hakenut vaatteensa ja valokuvansa ja saamansa käskyn mukaan jättänyt lähtiessään avaimet keittiön työtasolle.

Puhelimeni soi. Antti kertoi, että asuntokauppa on selvä ja kysyi, milloin haluan tehdä kauppakirjat. Vastasin, että niin pian kuin mahdollista. Kerroin Marille muuttavani kaupunkiin, ja yllättäen riemu kulki lävitseni. Mari ei sanonut mitään.

– Tiedätkös, mikä oli kaikista hirveintä? Se, että en ymmärtänyt yhtään, mitä tapahtui ja että ihminen voi tehdä toiselle niin suurta pahaa, Mari puhui vastausta odottamatta. – Meillä ei ollut riitaa, kaikki tuntui olevan hyvin.

– Eikä kuitenkaan ollut? kysyin, mutta Mari ei kuullut kysymystäni. – Siinäkö sitten kaikki?

– Ei aivan, sain tekstiviestin. Ystävänpäivänä. Esko muistutti vuoden takaisesta tapaamisestamme ja toivotti hyvää ystävänpäivää. Rakkaudella. En vastannut. Ajatuskin teki pahaa. Ajattelin vain, että tie taivaasta helvettiin oli loppujen lopuksi liian lyhyt.

– Ja tyly, sanoin hiljaa.

Tekstiviestin saatuaan Mari oli alkanut pelätä, että menettäisi järkensä. Juuri, kun oli taas oppinut vähän luottamaan ihmisiin, hän alkoi olla varuillaan jopa ystävien suhteen, ja jos olo tuntui hiukankaan onnelliselta, hän alkoi pelätä ja perääntyä. Lastenlapset olivat ainoat, joihin hän luotti, ja naapurissa asuvan papan koiraan, jota hän joskus ulkoilutti.

– Entäs ne tekstiviestit? Esko? minun oli aivan pakko kysyä.

Mari ei vastannut. Hän sanoi vain, että onhan se uskomatonta, että mies tulee ja sanoo, että tule tyhjin käsin, minä rakastan sinua. Se on niin suurta ja niin hullua, että onhan siihen pakko uskoa, hän sanoi ja katsoi minuun kuin odottaen vahvistusta sanoilleen.

– Kun toinen sanoo, että olet parasta minulle, ei siinä ala motiiveja kyselemään, sanoin jotakin sanoakseni. – Sitä vain heittäytyy mukaan, vaikka sisimmässään tietää, että kaikki ei ole sitä, miltä näyttää.

– Ihminen uskoo. Kun toinen ojentaa palan taivasta, on aivan pakko taas nousta tarjottuihin pilvilinnoihin, vaikka tietää ne huteriksi, Mari kaivoi puhelimen laukustaan.

Se oli kilahtanut tekstiviestin merkiksi.

Tule tyhjin käsin, minä rakastan sinua, mies oli kutsunut Maria, ja minä tiesin, että sellaisten sanojen kuuleminen voi lumota täysin. Muistin, miten itse olin reagoinut, kun hän oli kutsunut minua samalla tavalla.

– Tavataan töissä, jahka palaat lomalta.

Join lasini tyhjäksi ja nousin.

– Pitää lähteä.

Näin hänen yllättyvän, mutta äkkiä hän kääntyi katsomaan asema-aukiolle kaartavaa autoa. Tuttu auto. Ystävänpäivämari.

Ensimmäinen isku

Halusin ajaa kotiin pienintä ja mutkaisinta tietä. Tiesin, että minulla olisi poljettavana seitsemäntoista kilometriä ja että illasta huolimatta aurinko ei armahtaisi. Ilma oli täysin tyyni, kesä jo pitkällä, juhannus viikon päässä. Kaikki oli terävän kirkasta ja talojen värit tökkivät silmiäni. Olin unohtanut aurinkolasini terassin pöydälle. Ihmiset valmistautuivat viikonlopun viettoon, minä olin menossa kotiin.

Kun pääsin kaupungista kantatielle, talot loppuivat, mutta tiesin, että niitä on. Mökeille menijöitä oli liian paljon, ja jouduin monta kertaa väistämään pientareelle, kun autot ohittivat minut kylkeä hipoen. Käännyin pienemmälle tielle ja huokasin helpotuksesta. Metsä tuoksui samalta kuin uuden kotini parvekkeella.

Keskityin tienvarren tuttuihin näkymiin, että en olisi ajatellut Maria ja Eskoa, vierekkäin, sisäkkäin, päällekkäin, Eskon käsiä Marin rinnoilla ja vatsalla, Marin sormia Eskon nivustaipeen ohuella iholla. Poljin eteenpäin ja puhuin itsekseni: "miten se onkin routa järsinyt tien päällystettä ja vesi vienyt soraa pientareilta ojan pohjalle".

Mutkia ja mäkiä, tyhjiä vanhoja taloja, puhuin puoliääneen ja ajattelin, että uusi värikäs omakotialue näkyy ihan pian harjun kupeessa, kauimpana tiestä on vaaleansininen valkonurkkainen talo vehnäpellon reunassa, ja siellä asuu maailman kärsivällisin ystävätär, jonka olen tuntenut lapsesta asti.

Ajattelin sorakuoppaa ja sementtivalimoa, jonka pihassa on aina kasapäin kaivonrenkaita, salaojaputkia ja tierummun puolikkaita. Kylätaajamaa, jossa on vanhainkoti, uusi päiväkoti ja palvelukeskus, ala-asteen koulu ja Siwa. Pubia, jonka pihassa on lentopallokenttä. Ajattelin, että pitkän oikealle kaartuvan ylämäen jälkeen edessä on enää kolme kilometriä mutkaista hiekkatietä.

Onnistuin keskittymään tuttuihin maisemiin niin hyvin, että muistin kuulemani vasta, kun ajoin tutun maalaistalon pihan poikki. Hevoshaka ja neljä hevosta oli siirretty lähemmäksi tien reunaa, ja talon koira räksytti hetken rinnallani. Kanat väistyvät taas vihaisesti kaakattaen tien sivuun, ja ajattelin, että talon jälkeen on liki kilometri lehtometsää, sitten peltoja ja viljankuivaamo.

Järvi kiilsi koivujen välistä, ja ajattelin, että pian olen kotona.

Viimeisen kilometrin ajoin kärrytieksi kapenevaa kylätietä, johon edellisöinen rankkasade oli kaivertanut karttansa. Ajattelin elokuussa kypsyviä vadelmia, tuulessa ujeltavia GSM-maston kiinnitysvaijereita ja edessä olevaa alamäkeä ja sitä, että naapureita ei ole, on vain kirkasvetinen lähde, tummaa kuusimetsää ja siirtolohkareita. Liian pian olin omassa pihassa ja minun oli jano.

Esko oli ovella vastassa, ja ensimmäinen lyönti tuli niin yllättäen, että en osannut varautua.

– Minua ei ole vielä kukaan jättänyt, hän huusi ja löi uudelleen, mutta ohi.

Purin hammasta, kielestä tuli verta, poskea kihelmöi, mutta en kaatunut.

– Eikä minua ole kukaan läheinen lyönyt!

Katsoin Eskoa silmiin, hän katsoi takaisin kuin vauhko hevonen. Käänsin selkäni ja lähdin juoksemaan. Kuulin Eskon huutavan, mutta en erottanut sanoja. Vasen korva soi iskun voimasta. Vilkaisin taakseni ja näin, että hän lähti perääni, huusi uudelleen, mutta en vieläkään kuullut, en edes välittänyt kuulla. En pelännyt enkä itkenyt, tiesin, että pääsen pakoon.

Suuntasin loivaa rinnettä harjun päälle. Lapsuudesta tutuilla poluilla minun oli turvallista juosta, tunsin jokaisen kiven ja kannon, suurten puiden pintajuuret. Senkin tiesin, että kauempana kivikon takana on polun poikki kaatunut kelopuu. Esko ei tuntenut metsää niin kuin minä ja kuulin, kuinka hän kiroili kompastellessaan.

Onneksi on kesä, ajattelin ja juoksin harjua pitkin jo pelkästä juoksemisen ilosta. Lopulta istahdin kiven varaan asettuneen kelopuun rungolle. Muurahaiset kiipeilivät ihollani, mutta en välittänyt. Korvaani särki, se soitti sävelmää, jota en tunnistanut. Mietin, mistä Esko oli saanut kuulla muuttoaikeistani. Tietenkin! Antti. Pienessä kaupungissa kaikki tunsivat toisensa.

Kun palasin puolen yön jälkeen, Esko istui rappusilla.

– Anteeksi, hän sanoi hiljaa.

En vastannut.

– Anteeksi, hän toisti. – En tiedä, mikä minuun meni. Pelästyin, kun kuulin Antilta, että olet ostamassa asuntoa. Sekosin, kun ajattelin, että jätät minut.

Esko itki. Katselin ja kuuntelin hiljaa. Korva soitti omaa yksitoikkoista sävelmäänsä. Leukanivel tuntui jäykältä ja poskea kihelmöi.

– Minua ei ole koskaan ennen lyöty, sanoin ja menin sisälle.

– Anteeksi.

Esko tuli perässä. En vastannut siihenkään. Esko jäi nukkumaan tuvan sohvalle.

Toinen isku

Maanantaina Antti soitti ja sanoi nololla äänellä, että oli tullut parempi tarjous. Tiesin, että Esko oli vaikuttanut asiaan. Mietin hetken, korotanko omaa tarjoustani, mutta Antin takia en tehnyt sitä. Sanoin vain, että etsin uuden jostain toisaalta.

Vietimme liki viikon hiljaisuudessa. Esko ei lähtenyt kaupunkiin, vaan jatkoi vanhan saunakamarin kunnostamista. Minä kävin töissä. Kun työtoverit kysyivät poskipääni mustelmasta, naurahdin, ja sanoin että liikaa viiniä, kaaduin saunalla. Ajattelin, että onneksi Mari oli lomalla.

Esko ei pyydellyt enää anteeksi. Hän nukkui tuvassa, mutta kun hän katsoi minuun, silmissä vilahti vauhko hevonen. Kun tulin töistä, Esko odotti rappusilla ja tarkisti kellonsa. Siitä tiesin, että näennäinen rauha oli hauraissa kantimissa. Perjantaina hän yllätti minut.

– Sauna on kylpyvalmis, hän sanoi. – Menetkö ensin?

– Voin mennäkin.

Oli lämmintä, Esko sanoi vieneensä saunalle ruokaa ja juotavaa.

– Istutaan, niin kuin ennen.

Kävelin rantaan. Sauna tuoksui savulta ja samalla surullisesti vanhalta ja uudelta. Järvi oli tyyni. Sorsaemo poikasineen oli piiloutunut rantaruovikkoon. Siniset kynttilälyhdyt roikkuivat ovikatoksen otsahirrestä. Pihapöydällä oli tuttu siniruutuinen liina. Esko oli kattanut kahdelle.

Vanhassa kahden litran lasipurkissa oli harjun kupeessa kasvavia lupiineja ja ämpärissä jäiden seassa kaksi pulloa kuohuviiniä. Tuoreet vihdat oli aseteltu astinkivelle rinnakkain. Kaikki oli lavastettu kuin sisustuskirjan mukaan, ja minua puistatti. Näyttämön yksityiskohdat leijuivat silmissäni kuin lasiaisen samentumat. Kun istuin lauteilla, kuulin Eskon kolistelevan saunakamarissa.

– Saanko tulla?

– Tule vain.

Emme jutelleet. Heitin verkkaan löylyä, ja Esko haki vihdat. Jos välimme olisivat olleet ennallaan, hän olisi nuollut rinnoiltani koivunmakuista vettä ja minä olisin koskettanut häntä keveällä kädellä tuttuihin paikkoihin. Olisimme syöksyneet vastaremontoidun saunakamarin vanhaan puusänkyyn siniruutuisten lakanoiden väliin ja minä olisin huutanut riemusta. Ja kun olisimme menneet jälkeenpäin uimaan, sorsaemo olisi narskuttanut meille moittivasti ja vienyt poikasensa piiloon.

Toiseen lyöntiin tiesin jo varautua, se ei enää yllättänyt. Seisoin saunan ovella ja katselin pöytää. Esko kaatoi juomaa laseihin. Rantaruovikosta kuului piipitystä, ja ajattelin, että pitää olla hiljaa, sorsaemo laittaa poikasiaan nukkumaan. Kuivasin hiukseni ja oioin huolellisesti pyyhkeen. Vein sen narulle kuivumaan ja sanoin Eskoon katsomatta, että haluan asua jonkin aikaa yksin.

– Sen aikaa, että ennätetään molemmat ajatella.

– Mitä meidän pitäisi ajatella?

– Sitä, että halutaanko elää ja asua yhdessä.

Kuulin, kuinka Esko laski pullon pöydälle ja tiesin, että nyt se tulee, isku, ja kun käännyin, näin sen hänen silmistään.

– Marin perkele, tiesin, että ei olisi pitänyt laskea sinua samaan työpaikkaan! Esko huusi ja löi saman tien.

Luulin, että ennätän väistää, mutta nyrkki osui suoraan kasvoihini. Kuulin nenäruston rusahtavan, ja silmälasini putosivat. Onneksi linssit ovat muovia, ajattelin, kun toinen lyönti heilahti kohti ohimoani. Peräännyin pöydän luo, onnekseni en kaatunut, mutta luin Eskon silmistä, että seuraava isku tappaa. Sieppasin täyden pullon ämpäristä ja löin häntä suoraan otsaan. Esko horjahti ja yritti tarttua minuun. Löin uudelleen, ja hän kaatui kuin puu. Kuulin takaraivon iskeytyvän rappusten astinkiveen ja tunsin jysähdyksen sisälläni. Tiesin katsomattakin, että Esko oli kuollut.

Kävelin rantaan. Järvenpinta oli peilityyni. Näkökentän reunamalla veteen piirtyi yksi iso ja monta pientä vanaa. Sorsapoikue pakeni vastarannan suuntaan. Emo narskutti moittivasti, kuulin sen järven yli, muuten oli äänetöntä.

Kuollut ihminen painaa paljon enemmän kuin elävä, ja minulla oli täysi työ raahata Esko saunaan. Paljon helpompaa oli antaa kekäleiden valua kiukaan alta puulattialle. Kun kävelin rannasta tupaan, ajattelin miehiä, jotka katsoivat oikeudekseen lyödä naista. Ei Esko ollut ainoa.

Soitin hätäkeskukseen, istuin keinutuoliin ja katselin ikkunalaudan tummansinisten paavalinkukkien yli miten saunanpuolen kuivat ikivanhat hirret paloivat iloisesti, aivan kuin ne olisivat hyväksyneet tekoni.

Kolmas isku

Oikeus ei hyväksynyt. Minulla ei ollut selitystä, vaikka kasvoni olivat ruhjeilla. En ollut puhdistanut astinkiveä kuistin edessä. Pullo, jolla olin iskenyt, makasi ehjänä rantahiekalla. Siinäkin oli Eskon verta. Sain taposta kahdeksan vuotta ja kolme kuukautta. Ensikertalaisena joudun olemaan täällä siitä puolet. Poliisina tekemääni ensimmäistä tappoa ei laskettu mukaan, mutta tuomio on silti kova.

Neljä vuotta aiemmin olin torjunut Linnunlaulun ylikulkusillalla väkivaltaisen päällekarkauksen. Mies kiepahti kaiteen yli ja putosi reunalipalta suoraan junan eteen. Tutkinnassa todettiin, että olin käyttänyt tilanteessa liiallisia voimakeinoja, mutta tapahtuma katsottiin itsepuolustukseksi.

Sitähän tämäkin oli. Omalla tavallaan. Uskon, että tarkoitukseni ei ollut tappaa, mutta täällä minulla on aikaa ajatella, mitä tapahtui. Sitä, miksi se kaikki tapahtui, en vielä halua ajatella. Sen aika tulee sitten, jos tulee.

Vankilaan tultuani sanoin, että en halua tavata ketään, ja yllätyin, kun Ystävänpäivämari pyysi lupaa tulla käymään. Se sopi minulle. Halusin kuulla, mitä sanottavaa hänellä on. Mari ei alkuun puhunut mitään, katseli vain käsiään.

– Miksi?

– En tiedä.

– Sanoiko se jotakin?

– Olisiko pitänyt?

– No mistäpä minä sen tietäisin, Mari melkein naurahti.

Sanoin, että minulla ei ollut antaa hänelle vielä oikeata vastausta. Istuimme vaiti. Mari ei viipynyt pitkään. Kun hän oli lähdössä, sanoin, että tiesin Eskosta ja hänestä. Kielsin tulemasta toiste. Mari vilkaisi kasvojani ja hymyili niin nopean hymyn, että luulin hetken erehtyneeni. Mutta minä en erehdy enää ihmisistä.

Kukaan muu ei ole käynyt. Paitsi psykologi, joka haluaa, että puhun. En puhu. Minulla ei ole sanoja, enkä kuule mitään toisella korvallani. Se soittaa koko ajan samaa yksitoikkoista sävelmää. En halua kävelytunnilla ulos. Sankka kuusimetsä uuden naisvankilan takana tuoksuu erilaiselta. Väärältä. Ajattelen lapsuuden metsää ja sitä, miten saatoinkin olla niin typerä.

Sellini on kolmannessa kerroksessa. Sen ikkuna on metsän puolella, eivätkä kapeat kalterit kunnolla erotu metsän tummuutta vasten. Voin kuvitella asuvani vaikka Porttilankadulla pienessä yksiössä. Minulla on valkoinen sänky ja pieni kirjahylly, pöytä ja tuoli, matkaradio, vihreä matto ja samanvärinen sänkypeitto. Koristetyyny on tehty tilkuista vankilan käsityöverstaassa. Siinä on kirahvin kuva. Kehystetty painokuva seinällä on jostakin etelästä. Siinä on palmuja ja hiekkarantaa. Sininen meri. Minulta puuttuu vain yksityisyys. Ovessa on luukku.

Käytävällä kolahtaa ovi. Rauta lyö rautaa ja lukko loksahtaa joka kerta kuin se olisi viimeinen. Se kerta, jonka jälkeen mikään ei enää aukea. Minun oveni meni lukkoon samalla hetkellä, kun suljin mökin oven ja pudotin avainnippuni vanhaan pihakaivoon. Se solahti veteen ja vajosi pohjaliejuun. Kaivon musta vesi jäi väreilemään, kun suljin kannen.

Syön sen verran, että pysyn hengissä. Haluan vain leipää ja kasviksia, sillä palavan lihan käry häilyy jatkuvasti ympärilläni. Se on tullut jäädäkseen, tarttunut aivoihini ja sieraimiini. En kestä sitä.

Kun vapaudun, menen hakemaan avaimet.

Ystäväsi Eeva

Minä en ymmärrä, että Eeva ei halua tavata ketään. Ei edes minua, vaikka olemme olleet parhaita ystäviä jo lapsesta saakka. Hän laittoi vain kortin, jossa lukee "Miksi?" Kortin kuva on Watteaun maalauksesta Keinu. Se on lempitauluni. Muistan, kun Eeva osti kortin Sinebrychoffin taidemuseosta. Samalla reissulla kiertelimme Ateneumissa ja kävimme Stockmannin yläkerrassa syömässä. Se oli vähän ennen kuin se pudotti sen miehen sieltä sillalta.

Kun Eeva oli muuttanut mummolta perimäänsä mökkiin ja soitti, että oli tavannut lähikaupungissa elämänsä miehen, kysyin uteliaana, että kenet. Se sanoi, että Esko Kuusen. "Herrajumala, Esko Kuusen", minä sanoin ääneen. Puhelun loputtua Kalevi kysyi, miksi en kertonut Eevalle, että se on paskiainen koko mies. Sanoin Kaleville, että ei sellaista voi kertoa.

Ajattelin, että mitä siinä nyt voi sanoa, kun toinen hehkuu? Ja onko se ystävän tehtävä, edes parhaimman ystävän? Miten sitä muka voisi puuttua toisen elämään? Kertomalla olisin vain ottanut vastuun Eevan asioista, eikä se olisi minua edes uskonut, niin rakastunut se oli.

Ajattelin minä sitäkin, että Esko saattaisi jättää muut naiset. Ei se silti hyvältä tuntunut, mutta ei ollut minun asiani kertoa Eskon historiaa. Tai niin, no, olisihan se silti voinut olla oikein. Mistäpä Eeva tiesi pikkukaupungin koukeroista, vasta Helsingistä muuttanut. Se oli ollut poissa liki kolmekymmentä vuotta, ensin Tampereella poliisikoulussa, koulun jälkeen töissä lentävissä ja sitten rikospoliisissa Helsingissä. Kävi vain lomillaan mummunsa luona.

Kun Marin ja Eskon juttu Eevasta huolimatta alkoi, ajattelin, että se mies on kuin lentopallo, napakka isku, ja taas se on toisella puolella verkkoa. Voi Eeva rukka, ajattelin usein ja mietin Mariakin, tiesiköhän se Eskon puuhista?

Jossakin vaiheessa olin jo kertomaisillani Eevalle, mutta sitten ajattelin, että eihän se olisi minua edes uskonut, niin hulluna se mieheen oli. Ja kaikkihan kaupungissa Marin ja Eskon tiesi. Minusta Eeva oli kyllä aivan liian luottavainen ja sokea. Sen olisi pitänyt sentään entisenä poliisina nähdä, mihin soppaan oli lusikkansa pistänyt.

Kävin viime kesänä Eevan talolla ensimmäisen kerran sitten tapahtuneen. Piha oli ruohottunut umpeen. Meinasin niittää ruohon rappusten edestä, saunapolulta ja kaivon ympäriltä, mutta sitten ajattelin, että eipähän ole pyytänyt. Lupiinit olivat valloittaneet rannan ja peittäneet saunan jäänteet. Ajattelin Eevaa. Ja Eskoa. Ja sitä, että Eeva vapautuu pian. Sitäkin mietin, että voiko se enää asua täällä. Mutta minne se menisi?

Olen kohta neljä vuotta miettinyt kortin viestiä. Kysyykö Eeva minulta, että miksi se kaikki tapahtui? Vai haluaako hän sanoa, että hän on mennyttä miettiessään arvannut, että tiesin Eskosta ja Marista ja kysyy, miksi en kertonut. Sitäkin olen miettinyt, että oliko Eeva työssään nähnyt liikaa väkivaltaa ja muuttunut itse jotenkin. Saattaahan se vankilakin muuttaa ihmistä.

Sain viime viikolla toisen kortin. Siinä on kuva Taddeo di Bartolon taulusta Tuomio. Korttiin on kirjoitettu, että sano terveisiä Mari-serkullesi. Ystäväsi Eeva.

Sokea rakkaus saattaa olla ihmiselle hyväksi,
sillä se ei erittele vikoja, mutta mykkä rakkaus?
Se aiheuttaa aina suurta surua.

Muistutat niin Lauraa

Istuin ikkunapöydässä ja katselin kahvilaan tulevaa pariskuntaa. Huomasin, että nainen ontui, hän nojasi kävellessään mustaan kävelykeppiin. Mies seisoi ovella kuin kallio, ja ajattelin heti, että he eivät kuulu yhteen. Kun nainen kääntyi, näin vaaleat läpikuultavat kasvot. Heleän kuparinruskeat hiukset oli kiedottu tiukalle sykkyrälle niskaan. Ihon kuulaudesta tiesin, että hiukset eivät olleet värjätyt.

Viking Mariella oli juuri irronnut laiturista ja liukunut hiljaa matkaan. Vasemmalla näkyi vuosien mittaan tutuksi tullut purjevenesatama. Kohta ohittaisimme suurlähetystöjen residenssit, ja laiva lisäisi vauhtia. Tukholman saaristo on kaikkina vuodenaikoina yhtä kaunis, ja tiesin, että meri rauhoittaa minut niin kuin ennenkin. Ajattelin avioliittoani ja Tant Adolfinaa.

Laiva lisäsi vahtia. Nainen horjahti kävellessään ja pysähtyi pöytäni ääreen, lasi tärisi kädessä. Miestä ei näkynyt.

– Muistutat niin Lauraa, nainen sanoi hiljaa.

Hän seisoi ääneti hetken ja kysyi sitten, saisiko istua seuraani.

– Tottahan toki, vastasin. – Olkaa hyvä.

Teitittelin naista, se tuntui luontevalta. Sanoin, että on mukava saada juttuseuraa. Nainen laski lasinsa pöydälle ja asettui vastapäiseen tuoliin, laittoi kepin nojaamaan käsinojaan.

Olin ollut päivän Tukholmassa, kulkenut tuttuja reittejä Gamla Stanin kautta Hötorgetille, kävellyt torin rehevien kukkapöytien seassa ja ostanut suuren kimpun tummanpunaisia ruusuja. Kauppahallin värejä ja tuoksuja pursuavat ruokatiskit olivat tallentuneet aisteihini. Olin ostanut kuivattuja hedelmiä, pähkinöitä ja mausteita. Valinnut tiskeiltä kahvi- ja teepakkauksia, joiden tuoksu oli herättänyt tutun ikävän maihin, joissa en ollut koskaan käynyt. Saman olivat tehneet syksyn ensimmäiset appelsiinit.

Iltapäivän olin viettänyt Tant Adolfinan luona. Äitini sisar, merikapteenin leski, rakasti ruusuja ja asui vaaleanpunaisen talon ylimmässä kerroksessa Södermalmin korkeimmalla kohdalla. Willy-setä oli hankkinut huoneiston toisen maailmansodan alla, vienyt kihlattunsa saliin ja sanonut: "Kära Adolfina, du kan titta ut på hamnet, och vänta, att Willy kommer hem."

Muistin ensimmäisen matkani äidin kanssa. Muistin, kuinka minun oli pitänyt pestä käteni, ennen kuin olin saanut mennä saliin, ja miten varovasti olin koskettanut reikäompelein koristeltua valkoista batistiliinaa. Olin ihaillut korkeita kynttilänjalkoja ja tutkinut hartaana hauraita kiinalaisia teekuppeja, hopeisia lusikoita ja haarukoita leivoslautasten vieressä.

Täti oli hopeisilla ottimilla siirtänyt kolmikerroksisesta kakkuvadista lautaselleni kookospullia, kermaisia vadelmaleivoksia, vaaleanpunaisia bebe-leivoksia ja pieniä kerrosvoileipiä, erilaisia herkkuja kuin kotona. Minusta se oli hienointa siihenastisessa elämässäni. Ennen poislähtöä olin salaa painanut kasvoni vasten haalean sinivihreitä samettiverhoja. Ne olivat tuoksuneet kaukaisilta meriltä ja vierailta mailta.

Tant Adolfina

Olin jo lapsesta tiennyt, että minut oli adoptoitu, mutta biologisista vanhemmistani en vieläkään tiennyt mitään. Kysyin heistä taas Adolfinalta.

– Det lovar, att det blir vackert väder i morgon, täti vastasi, niin kuin aina. – Om du vill du ha en kaffe eller te? Jag har köpt några bakelser också!

Täti piiloutui keittiöön ja minä kiertelin puolihämärää salia, ja koskettelin tummia mahonkihuonekaluja, joiden lämmin sileys muistutti, että täti on vanha.

Katselin Willy-sedän Havannasta ostamia suuria tauluja. Niissä oli kaikissa sininen meri ja paljasrintaisia suklaanvärisiä naisia. Syklaaminpunaiset kukat näyttivät sykkivän naisten sydänten tahtiin, ja värikkäät kankaat lantioilla olivat kuin juuri avautumaisillaan. Tauluissa oli niin vahva eroottinen lataus, että lapsena en ollut suostunut niitä katsomaan, vaikka en tiennyt syytä.

Teini-iässä silmäni olivat alkaneet harhailla, mutta olin tiukasti yrittänyt pitää katseeni vanhoissa valokuvissa ja kiinalaisissa koriste-esineissä kiiltävien lipastojen päällä.

Tant Adolfina tarjosi kahvin seurana kymmenen vuotta vanhaa rubiininpunaista portviiniä. Samanlaista olin jo lapsena saanut tilkan. Hän kaatoi juoman kristallikarahvista pieneen muranolaiseen lasiin, jonka reunaa kiersi kapea kultaus. Karahvin pulleaan kylkeen oli kaiverrettu linnun hahmo. "Albatrossi", Willy-setä oli sanonut, ja minä olin ajatellut, että linnun nimi maistuu yhtä makealta kuin juoma.

Kauankohan vielä, ajattelin, kun suljin varovasti tummuneen tammioven. Täti on kohta yhdeksänkymmenen. Katselin Huojuvan Hissin verkko-oven läpi kerrostasanteille ja ajattelin taas, että äiti oli antanut sille nimen, minulle ei. Olin ollut Carita-Angela jo lastenkodissa.

Lähdin kohti satamaa ja mielessäni aukeni kevyesti napsahdellen toisia ovia. Yritin pitää verhojen hauraasta tuoksusta kiinni, mutta se katosi harjun tuuleen. Oli sunnuntai. Minä olin surullinen ja samalla oudon onnellinen. Vastaantulijoita ei ollut, harvat kulkijat kävelivät samaan suuntaan.

Olin ihmeissäni. Reitti oli tuttu, mutta jokin asia oli toisin. Mariella näkyi jo laiturissaan, kun ymmärsin mikä oli toisin; olin saanut lähteä matkalle yksin ja voinut olla oma itseni. Lasse ei odottanut hermostuneena terminaalissa. Minun ei tarvinnut asetella sanojani, ei kuunnella tyytymätöntä marinaa, ei jännittää, toiminko oikein vai väärin.

Palasin harjanteelle ja annoin tuulen huuhtoa kasvojani, ja lopulta minulle tuli niin kiire, että ennätin laivaan vasta vähän ennen sen lähtöä. Olin janoinen ja jäin tavoistani poiketen juomaan oluen laivan kahvilaan. Minä? Viinifriikki, omalaatuinen hienohelma ja kohtuuhintaisten laatuviinien vannoutunut ihailija join suuren lasillisen olutta! Se oli onnekas lasillinen, joka vaikutti koko loppuelämääni, mutta vastausten sijaan antoi lisää kysymyksiä.

Kuka on Laura?

Naisen silmät olivat syvän vihreät, melkein kuin kultaa. Mietin, että minun on painettava mieleen hänen tarinansa. Olisin halunnut kirjoittaa kaiken matkapäiväkirjaani, mutta se oli jäänyt kotiin.

– Laura? Kuka on Laura?

– Laura oli tarjoilijana Helsingin Asemaravintolassa, siellä paremmalla puolella, missä oli valkoiset kangaspöytäliinat ja kankaiset servietit. Nainen puhui hiljaa.

– Kankaiset servietit. Maistelin sanoja.

Arvelin mielessäni naisen iäksi lähemmäs seitsemänkymmentä. Kun kysyin vuosista, hän naurahti, että Laura oli työskennellyt asemaravintolassa aina.

– Miten siitä onkin jo niin kauan? Vuodet unohtuvat, niin kuin muutkin numerot ja luvut.

– Minulta unohtuvat nimet, naurahdin.

– Vaikka olette nuorempi?

Sanoin, että olen aina ollut huono nimissä ja kerroin muistavani paikat ja tapahtumat paremmin. – En tarvitse karttaa edes Pariisissa.

Pariisissa, nainen äännähti. – Laura ei käynyt koskaan Pariisissa, hän aloitti tarjoilijaharjoittelijana juuri ennen Helsingin olympiakisoja.

– Ja olitte Lauran kanssa siellä yhdessä?

Nainen jäi ajatuksiinsa ja sanoi sitten hiljaa, että Laura on ollut aina hänen kanssaan. Hän siemaisi lasistaan ja taputteli varovasti huuliaan kankaisella nenäliinalla. Siihen jäi hiukan huulipunaa. Ajattelin, miten kukaan enää käyttää kankaisia, mutta muistin, että niinhän Tant Adolfinakin tekee. Hän oli usein sanonut minulle, että hienon naisen tunnistaa nenäliinoista.

Sanoin varovasti, että olisi mielenkiintoista kuulla lisää Laurasta.

– Voi, Laura oli aina iloinen ja hyväntuulinen, nainen naurahti.

– Hän muuttui, kun tuli olympiavuonna raskaaksi.

– Niin, äänsin hiljaa.

– Yksinhuoltaja, niin kuin nyt sanotaan, naisen ääni värähti.

– Siihen aikaan yksinäisiä äitejä nimiteltiin paljon rumemmalla sanalla.

– Miten työpaikan kävi? Puhuin varovasti.

– Laura sai pitää sen, hän siirtyi vain huolehtimaan pöytävarauksista ja auttamaan keittiössä.

– Entä kuka oli... aloitin.

– Lapsen isä oli kuubalainen kilpajuoksija.

Keskustelu oli lyhyttä ja poukkoilevaa. Olimme välillä hiljaa ja katselimme merelle. Laiva kulki tasaisesti, tuulta ei ollut nimeksikään. Koneiden ääni ei tavoittanut korvia, se tuntui vain hienoisena tärinänä jaloissa. Nainen oli puhuessaan tyhjentänyt lasinsa ja lähti hakemaan toista.

Mies ilmestyi kahvilan ovelle ja katseli etsivästi ympärilleen. Järkälemäinen olemus ja harmaa villapaita saivat hänet näyttämään kivipaadelta. Kun nainen palasi, mies tuli pöydän viereen.

– Mennäänkö vähän hyttiin lepäämään ennen kuin lähdetään syömään?

– Istun tässä tämän lasillisen verran. Tulen sitten.

Nainen ei edes vilkaissut mieheen, ja mies lähti mitään sanomatta.

– Minä olen monta vuotta toivonut, että tuo löytäisi uuden naisen ja lähtisi. Se on niin levoton ja hermostunut.

Yllätyin, kun nainen vaihtoi puheenaihetta. Hänen suupieleensä ilmestyi kova juonne.

– Mukava mies se oli kolmekymmentä vuotta sitten, mutta nyt siitä on tullut ilkeä ja saamaton. Se on julma sanoissaan!

– Entä Laura? Miten raskaus sujui, syntyikö lapsi?

Halusin palauttaa keskustelun Lauraan. Nainen ei vastannut, jatkoi vain puhetta miehestä. Sanoi, että he eivät ole naimisissa. Ovat silti pysyneet yhdessä aivan liian pitkään.

– Vaan olen minä usein toivonut, että se löytäisi jonkun toisen, hän sanoi uudelleen.

Olin erottavinani leimahduksen kullanvihreissä silmissä ja ynähdin varovasti.

– Se on riippunut minussa kynsin hampain, vahtinut ja rajoittanut elämää. En ole koskaan tiennyt, onko se kanssani vihasta vai rakkaudesta, vai pelkästään Lauttasaaren asunnon ja merinäköalan takia!

Miehen käytyä tunnelma oli muuttunut. Nainen vaikutti vihaiselta ja pelkäsin, että hän lähtee pois. Tant Adolfina, hätäännyin. Jos jään tähän yksin, tarvitsen jotakin, mistä pitää kiinni. Hetken ihmettelin, miksi ajattelen Adolfinaa juuri nyt.

– Sanoinko, että lapsen isä oli kilpajuoksija?

– Sanoitte kyllä!

– Voi, ne nuoret miehet! Niillä oli tapana tulla asemaravintolaan.

Naisen olemus pehmeni sanojen myötä.

– Ei urheilijoilla rahaa ollut, mutta ne tulivat ja juttelivat, joivat joskus pullon olutta tai lonkeroa. Monella oli mukana sanakirjat, joista yhdessä etsittiin oikeita sanoja.

– Se taisi olla hauskaa ja varmasti mielenkiintoista?

– Kyllä se oli hauskaa, vaikka oli se vaikeatakin, nainen hymähti muistoilleen ja kasvoilla tuikahti hymynpoikanen.

Puhuessaan hän oli kovin totinen. Ajattelin, että Laura oli ollut kaksikon iloinen ja naurava puoli, mutta asiassa oli jotakin, mitä en ymmärtänyt. Kun kysyin, missä Laura nyt on, nainen ei vastannut. Hän katsoi olkapääni yli merelle.

Kävin ostamassa mukillisen kahvia ja päätin kuunnella naisen ajatusten virtaa, ääntää vain välillä myötäsukaan. Laskin samalla mielessäni; olympialaiset olivat Helsingissä 1952. Jos nainen oli itsekin työskennellyt asemaravintolassa, hänen on täytynyt olla jo täysi-ikäinen.

Olin kuvitellut naisen nuoremmaksi, oikea ikä lienee jo yli kahdeksaakymmentä. Vuodet eivät näyttäneet tehneen uurteita kasvoihin, vain hienonhienot hiusrypyt verkottivat ohimoita, poskipäät sileät kuin omenankylki.

Kun nainen lähti hakemaan uutta lasillista, hän ei ottanut keppiä mukaansa. Katselin ontumista, ja mieleni teki rynnätä tukemaan, mutta selkä pysyi suorana eikä hän pöytään palatessaan horjahtanut kertaakaan. Miten vanhanaikaista ja samalla käytännöllistä, ajattelin, kun nainen otti puhtaan nenäliinan käsilaukusta ja työnsi hihaansa. Laukun lukko napsahti kiinni.

– Se oli bussinkuljettaja. Kun meillä molemmilla oli vuorotyö, yhdessä oleminen sujui, mutta kun jäimme eläkkeelle, elämästä tuli vaikeata. Siitä alkoi vahtiminen.

– Jotkut miehet ovat sellaisia, sanoin varovasti.

– Se löikin kerran, nainen puhui leukaperät kireinä. – Kaaduin ja lonkka meni. Siitä tämä ontuminen johtuu, jouduin jäämään ennen aikojani eläkkeelle.

– Löi?

– Tai tönäisi pahasti. Minä sanoin, että anna olla viimeinen kerta!

Naisen kasvoilla vilahti viha niin nopeasti, että ajattelin nähneeni väärin.

– Se on aina rakastellut kuin skorpioni, pistänyt nopeasti, jotenkin salavihkaa. Kääntänyt saman tien selkänsä ja alkanut teeskennellä nukkuvaa, ettei tarvitsisi tehdä mitään minun hyväkseni, nainen sanoi ja vilkaisi ovelle.

Hämmennyin hetkeksi, mutta hän oli selvästi oman elämänsä kartalla, vaikka jo ehdin muuta kuvitella.

– Tunnen samanlaisen, hymähdin, ja yhteisymmärrys rakentui välillemme kuin pato, jonka ylitse kumpikin päästi vettä tarpeen mukaan. Olimme luottavaisia kuin ikiaikaiset ystävät. Kuin vanhastaan tutut.

Mies ilmestyi kahvilan ovella ja nyökkäsi. Nainen nyökkäsi takaisin ja sanoi, että heillä on pöytävaraus ensimmäiseen kattaukseen.

– Tavataanko täällä puoli kahdeksalta? Olet niin Lauran näköinen, hän vielä sanoi ja lähti, täysi lasi jäi pöytään.

Katselin heidän menoaan. Sirorakenteisen naisen rinnalla mies oli kuin taltalla ja vasaralla muotoiltu työmiehen patsas. Pari kulki etäällä toisistaan aivan kuin kaksi vierasta, jotka olivat vain sattumalta menossa samaan suuntaan.

Vein halliostokseni hyttiin. Appelsiinit tuoksuivat, ja söin yhden. Minun tuli nälkä ja kävin ostamassa salaatin. Availin maustepusseja, lämmin riemunkirjava etelä levisi ympärilleni. Kertasin ajatuksissani naisen tarinaa. Yritin painaa mieleeni hänen puhetapansa. Ajattelin Tant Adolfinaa ja äitiä. Ajattelin kuolemaa ja kolmea sisarusta, nuorinta, josta ei koskaan puhuttu. Josta ei ollut edes kuvia olemassa sitten lapsuuden.

Purjehtija

Pelkäsin naisen unohtaneen minut, hän ei ollut paikalla, kun palasin kahvilaan. Odottelin aikani, mutta lopulta lähdin ostamaan yötä varten pullon punaviiniä ja Fazerin suuren Sinisen. Tiesin, että en tule saamaan unta. Menin ostosten kanssa hakemaan kahvilasta viinilasia.

– Luulin jo, että et tulekaan, olen vähän myöhässä, nainen tuli hymyillen vastaan. – Olisi vielä paljon puheltavaa.

– Vien ostokset hyttiin ja tulen takaisin.

– Tavataan mieluummin viinibaarissa, siellä on musiikkia.

Nainen katsoi minua. Sanoin, että peseydyn vähän ja vaihdan vaatteet, tulen puolen tunnin päästä.

– Odotin jo, nainen sanoi, kun menin puoli yhdeksän jälkeen viinibaariin.

Hänellä oli yllään sama vaaleanharmaa jakkupuku kuin alkuillasta, mutta arkisenvihreä paitapusero oli vaihtunut juhlallisempaan. Kullanvihreä silkkipusero sopi hiusten kupariin. Puseron värinen huivi oli solmittu toiselle olkapäälle.

– Mihin se aika katosi, hän kuiskasi.

– En tiedä, puhuin yhtä hiljaa. – Ajan suhteen me olemme tuhlareita.

– Niin, nainen naurahti. – Päivät seuraavat toistaan melkein samanlaisina ja aika lyhenee.

– Kuukaudet ja vuodet menettävät merkityksensä, vain tapahtumat ovat tärkeitä, sanoin ja ajattelin äidin kuolemaa.

– Aika on ennen sitä ja sen jälkeen, nainen jatkoi.

Hän vaikutti väsyneeltä.

– Näytit niin tutulta, että muistot alkoivat virrata hallitsemattomina, eikä lonkero suinkaan hillinnyt tulvaa, päinvastoin.

Viini ja muistot, ajattelin. Tant Adolfina kulki mielessäni huoneesta toiseen. Hän oli kuulunut elämääni pidempään kuin äiti, ollut ovi ja avain menneisyyteeni. Minuakin väsytti. Päivän kävely, suru Adolfinan puolesta ja pätkittäin nukuttu yö painoivat ohimoilla. Tilasin naiselle konjakin ja itselleni viiniä. Flyygeli soi taustalla. Kuuntelimme puhumatta ja vastasin tekstiviestiin, vaikka en olisi halunnut.

– Anteeksi, mieheni ihmettelee, jos en vastaa.

Olisin halunnut kysellä Laurasta, mutta nainen ei selvästikään pystynyt puhumaan hänestä helposti. Kuulin sen äänestä ja ajattelin, että hän oli tottunut pitämään tunteensa tiukasti kurissa.

– Olen paljon ajatellut, nainen pidätteli sanojaan.

Mies ilmestyi viinibaariin.

– Se on aina ollut kova. Minä niin toivon, että se löytäisi toisen ja jättäisi minut.

Minä ajattelin Lassea, kun mies kumartui naisen puoleen ja sanoi jotakin, mitä en kuullut.

– Istun tässä vielä jonkin aikaa. Tulen myöhemmin, naisen äänessä värähti metalli.

– No minä menen sitten nukkumaan.

Mies lähti pää pystyssä, seisahtui ja katsoi taakseen. Nainen vilkaisi miestä ja pudisti päätään.

– Miksi olet laivalla?

– Kaipaan merelle, ja laiva on ainoa mahdollisuus päästä tänne, naurahdin.

– Heräsin, kun tulimme aamulla saaristoon, nainen sanoi ja katsoi ulos.

Oli jo melkein pimeä.

– Laiva hidastaa vauhtia, ja sen liikkeet muuttuvat, sanoin.

– Minäkin tunnen sen aina.

Kerroin, että olin opiskeluaikoina asunut Tukholmassa ja purjehtinut näillä samoilla vesillä. Kerroin Tant Adolfinasta ja

Willy-sedän tauluista. Nainen nyökkäsi, ja kapea hymy käväisi hänen kasvoillaan.

– Adolfina, kaunis nimi, minäkin olisin halunnut pitää nimeni. Olin ennen Angela.

Hätkähdin, mutta unohdin oudot sanat saman tien. Tarjoilija keräsi tyhjiä laseja pöydistä. Hänessä oli jotakin tuttua. Vartalon mittasuhteet? Itsetietoinen liikkuminen? Hymy? Jokin hänessä oli niin tuttua, voi miten tuttua! Mies oli salaisen varma itsestään, aivan kuin hän omistaisi jo puolet jostakin tärkeästä!

Hän vilkaisi minua ohimennen kuin vierasta vilkaistaan. Katsoi sitten uudelleen. Viinibaarin hämärässä näin hänessä Purjehtijan, ja hymyilin tahtomattani. Hän hymyili takaisin niin tutulla tavalla. Mieleeni sattui. Puhelimeni kilahti viestin merkiksi. En katsonut. Menneisyys ja nykyisyys ovat äkkiä läsnä.

– Joku astui juuri haudalleni, sanoin ja katsoin miestä.

Nainen katsoi minuun ja sitten katseeni suuntaan. Kerroin salamasta, joka minuun iski, ja salamasta, joka viimeisenä purjehduskesänä oli melkein polttanut minut.

Angela?

Lauran ajatteleminen vaivasi Caritaa. Hän ei tiennyt enää, mikä tarinassa oli totta ja mikä hänen omaa kuvitelmaansa.

– Mitä Lauralle tapahtui, ja lapselle?

Angela katsoi niin surullisen näköisenä, että Carita pelästyi. Hän näki hämärän ruokasalin, jossa leijui ohuena pilvenä vuosikymmenten pöly. Tant Adolfina seisoi korkean ikkunan edessä ja raotti hauraita samettiverhoja. Niitä ei ollut koskaan avattu. Ei edes Caritan lapsuudessa. Miksi nyt, hän ajatteli, ja samassa näky katosi.

– Laura lakkasi nauramasta. Kun hän palasi Kätilöopistolta ilman lasta, hän ei puhunut paljoakaan, ei ollut enää yhtä avoin kuin ennen.

– Entä lapsi? Carita kysyi hiljaa.

Hän halusi Tant Adolfinan tavoin raottaa salaisuuden verhoa. Angela ei taaskaan vastannut, sanoi vain, että vakavaksi ja surulliseksi muuttunut Laura palasi työhön kolmen viikon äitysloman jälkeen. Sanat olivat kuin ennalta järjestettyjä. Carita hätääntyi.

Viinibaarissa oli hiljaista. Vain kourallinen ihmisiä istui lasi seuranaan ja katseli pimenevälle merelle. Tummaihoinen pianisti soitti alakuloista musiikkia. En tunnistanut melodiaa. Tilasin lisää viiniä ja pyysin tarjoilijaa viemään lasillisen myös soittajalle. Mies katsoi meihin ja aloitti uuden variaation soittamastaan. Se oli vielä apeampi kuin ensimmäinen, mutta tunnistin kappaleen. Flyygeli ja soittaja heijastuivat ikkunaan, ja taustalla näkyivät rinnalla kulkevan Silja Serenaden valot.

Nainen tilasi konjakin. Hän katsoi kauas taaksepäin, kuudenkymmenen vuoden taakse. Hiukset kiilsivät, kasvot sileät kuin nuorena. Kuvittelin, että hän juuri sillä hetkellä näki nuorten kulkevan Kaisaniemen puistoon toisiaan liki. Minäkin kuulin ja näin, miten Laura nauroi elokuun kuutamossa aroin ja ahnein silmin. Näin, miten valkoista villakoiraa ulkoiluttava vanha nainen pysähtyi penkin luo ihmettelemään pensaan suojassa vilahtavia valkoisia sääriä ja käsivarsia. Näin, miten tumma iho katosi häveliään kuun anteliaasti jakamiin varjoihin.

Kuin vastauksena ajatuksiini nainen kertoi, että Laura tuli aamuyöllä kotiin uusi ilme silmissään. Hänellä oli salaisuus, jota kukaan ei voinut jakaa hänen kanssaan.

– Tapasivatko he vielä uudelleen?

– Voi, kyllä he tapasivat. Monta kertaa. He tapasivat myös viimeisenä iltana päätösjuhlien jälkeen, ja Laura hehkui.

Kuulin äänessä surua, kun nainen jatkoi, että muutaman viikon kuluttua Laura ymmärsi olevansa raskaana. Tunteet keinuivat jumalten keinuissa ja Laura odotti postia Havannasta.

Minä ajattelin, miten Lauran vatsa kasvoi. Miten hän odotti kirjettä, jota ei tullut, ja mietti, minkälainen tulevaisuus hänellä ja lapsella olisi. Laura oli varmasti peloissaan ja kyseli itseltään, kuka hoitaa lasta hänen työssä ollessaan. Riittävätkö rahat?

– Laura oli nuori, eikä kuvitellut tulevaisuutta ruusuiseksi, nainen sanoi taas kuin ajatukseni lukien ja tilasi toisen konjakin.

– Entä lapsi, mitä sille tapahtui?

– Hän ei tuonut lasta kotiin!

Istuin hiljaa ja ajattelin, että ymmärsin Lauraa. Olisihan elämä au-lapsen kanssa siihen aikaan varmasti ollut vaikeata, mutta olisiko hän antanut noin vain lapsensa pois? Ei kai sentään, hänhän uskoi, että kirje Havannasta tulee. Niin oli sovittu.

– Miksi? Antoiko Laura lapsen pois?

– Ei! Ei, nainen kuiskasi, mutta hänen äänensä kaikui pääs-säni kuin hätähuuto. Nainen joi nopeasti lasinsa tyhjäksi ja alkoi puhua niin hiljaa, että tuskin kuulin hänen ääntään. Flyygeli soi taustalla kuin varoen särkemästä hetkeä.

Kun lapsi oli yöllä syntynyt, se oli viety heti pois. Laura oli ollut synnytyksestä väsynyt ja hädissään, mutta ei ollut uskal-tanut kysyä mitään. Aamulla hän oli ihmetellyt, miksi ei saa imettää. Hän ihmetteli, oliko lapsi sairas, kun sitä ei tuotu syömään.

– Miksi lasta ei annettu Lauralle? Carita kysyi.

– Laura oli kovin nuori ja työskenteli usein puoleenyöhön, ja vielä ravintolassa. Hän ei ollut sopiva äidiksi. Ja isäkin… lapsi ei edes näyttänyt suomalaiselta.

– Kuka sellaisen päätöksen teki?

– Lauran sisaret, Angela sanoi tiukasti hampaittensa välistä.

Lauralle ei kerrottu, mihin lapsi viedään. Sanottiin vain, että lapsi on tyttö ja voi hyvin. Havannasta tuli vuoden kuluttua kirje, jonka hän jätti avaamatta. Toista kirjettä ei tullut.

Viinibaari tyhjeni. Carita vilkaisi puhelinta, pian olisi puo-liyö, kuubalaisen tanssiryhmän meluisan esityksen aika. Hän näki, että puhelimessa oli kolme lukematonta viestiä. Ei luke-nut niitä. Ei jaksanut. Tai ei halunnut.

– Voi, kun tuo lähtisi, että saisin elää yksin ja rauhassa, An-gela sanoi, kun mies ilmaantui taas viinibaariin.

Carita ei sanonut mitään, hän oli surullinen Lauran puolesta. Ja lapsen.

– Se on niin raskasta, kun… Angela jäi ajatuksiinsa.

– Tulisit jo nukkumaan.

Mies oli tullut pöydän viereen, otti kepin ja ojensi kätensä.

– Hyvää yötä, nyt olen onnellinen, nainen nousi lähteäk-seen ja kosketti Caritan olkapäätä, avasi laukkunsa ja ojensi kirjekuoren, josta vastaanottajan nimi erottui enää hyvin him-meänä.

Angela ei tarttunut miehen käteen, otti vain keppinsä ja käveli hitaasti askelen jäljessä. Vilkaisi taakseen, kun soittaja alkoi laulaa. Carita tunnisti laulun ja jäi kuuntelemaan. Meni kiittämään, ja mies piti hetken hänen käsiään omissaan. Sormet olivat viileät, samalla hellät ja lujat.

– I am Angel Carcia, mies sanoi hiljaa. – Did you know the woman you were talking with? You two have something in common.

Carita ei osannut vastata, mutta jäi hetkeksi seisomaan flyygelin viereen. Mietti olympiavuoden nuoria, suomalaista nuorta naista ja kuubalaista kilpajuoksijaa ja heidän seurusteluaan sanakirjan avulla. Näki taas kuin välähdyksenä hellän hetken Kaisaniemen puistossa. Näki hameen heilahduksen kesäyössä, kaksi nuorta ihmistä pensaan varjossa.

Angela? Ja kuka oli Laura? Hän katsoi Purjehtijan oloista miestä baaritiskin takana, ja sydäntä kivisti naisten takia. Erityisesti niiden, jotka olivat oppineet nielemään itkunsa ja sulkemaan tunteensa yhteenpurtujen hampaiden taakse. Puhelin kilahti taas viestin merkiksi. Carita sulki sen.

"You're Always on My Mind."

"You are always on my mind" soi päässäni, kun menin hyttiini. "Muistutat niin Lauraa", oli nainen sanonut. Olin hämmentynyt. Katsoin peiliin ja yritin löytää kasvoistani tuntematonta Lauraa, mutta peilistä näkyi vain hiusten tumma kupari, joka kehysti kiharaisena vaaleanruskeita kasvojani. Mietin, mitä olin kuvitellut ja mitä olin kuullut. Kirjekuori kahahti taskussani.

Kuubalainen tanssiryhmä majaili samassa hyttikäytävässä kanssani, ja heidän reipas yöelämänsä piti minut hereillä aamuntunteihin asti. Join viiniä ja söin suklaata. Minun oli aika ajatella miestä, joka ei enää halunnut lähteä mukaani. Kun lopulta nukahdin, näin unta adoptioäidistäni. Hän oli sangen elävä, ja kysyi vihaisena, miksi Adolfina oli pettänyt hänet. Menin kyyryyn ja käperryin murheesta mytyksi, vaikka unessakin tiesin hänen kuolleen jo ajat sitten.

Aamulla etsin naista laivan kahvilasta ja käytäviltä, myymälästä. Halusin sanoa hänelle jotakin, vaikka en tiennyt mitä. Ehkä olisin kiittänyt, ehkä yllyttänyt eroamaan, tai edes kysynyt hänen nimeään. Olisin halunnut tietää enemmän, hänestä ja Laurasta. Itsestäni?

Mutta sen jo tiesin, että en halua enää olla talutettavana. Mies saa ottaa itselleen koiran.

Luin kirjeen vasta kotona, mutta luettuani tiesin, että minun oli pakko lähteä Tukholmaan. Soitin Tant Adolfinalle tulostani, ja hän kysyi:

– Men varför du kommer just ny?

En kertonut. Emme olleet ennättäneet Lassen kanssa puhua erosta, ja kun kerroin lähteväni, se aiheutti taas riidan. En välittänyt siitä.

Menin laivaan ensimmäisten joukossa, vein laukun nopeasti

hyttiin ja palasin sisääntuloaulaan katselemaan matkustajia. En nähnyt naista heidän joukossaan. Oli ollut tyhmää kuvitellakin sellaista. Kun laiva lähti, menin silti toiveikkaana etsimään. Katselin ihmisiä, mutta naista ei näkynyt. Kävelin ympäri Mariellaa, kävin kahvilassa, yökerhossa ja viinibaarissa. Kiersin tax-free myymälän ja mietin jo kuulutustakin, mutta ketä olisin kysynyt, Lauraa vai Angelaa? Vai naista, joka oli sanonut minun muistuttavan Lauraa?

Laiva oli puolityhjä, oli maanantai. Viinibaarin flyygeli pysyi peitettynä koko illan. Menin pettyneenä hyttiin. En kuitenkaan saanut unta ja ennen puoltayötä lähdin takaisin. Baari oli vielä auki. Tilasin pullon punaviiniä ja menin pöytään.

Kun pianisti ilmestyi flyygelin ääreen, yö oli jo kääntynyt kohti aamua, ja baari melkein tyhjä. Katselin miehen kaitaa olemusta, pitkiä hoikkia sormia ja tummia kasvoja. Hän näki minut, nyökkäsi ja tuttu sävel alkoi soljua koskettimilta: "You're always on my mind". Otin kirjeen laukustani, ja nainen ilmestyi soittajan viereen hiukset auki, tuttu kullanvihreä huivi hiuksilla kuin morsiushuntu.

Näin, miten he katsoivat toisiaan. "Katsokaa minua", kuulin huutavani, vaikka ääntä ei ollut. "Katsokaa minua!" He ovat niin vanhoja, ajattelin surullisena. Nainen laittoi kätensä kevyesti soittajan hartioille. Hiveli niskaa, kuljetti hellien sormiaan ohimoilla. Mustan flyygelin kannella häilähti valo kuin ilo. Nainen kumartui ja painoi poskensa miehen päätä vasten, ja läikehtivä hiusryöppy peitti heidät. Lumouduin näkemästäni ja aloin itkeä, he eivät heijastuneet ikkunaan.

Flyygelin takana leijuivat vain omat kasvoni.

Carita sulki silmänsä ja kuunteli musiikkia. Ajatteli äitejään ja Purjehtijaa. Kun hän lopulta katsoi ympärilleen, musta kangas peitti flyygelin. Tarjoilija keräsi laseja ja pyyhki pöytiä.

– Voit viedä lopun viinin hyttiisi, vaikka se ei oikeastaan ole sallittua, hän sanoi hiljaa.

– Tulin... Carita aloitti.

Tarjoilija veti tuolin esiin ja istui vastapäätä.

– Näin sinut silloin viimeksi.

– Ja keräsit silloinkin laseja.

– Keräsin. Ja näin, miten katsoit minuun.

– Muistutat niin Purjehtijaa.

– Odota hetki.

Mies kävi laskemassa ristikon baaritiskin eteen ja palasi pöytään. Katsoi minuun ja minä ajattelin, että voi kuinka nuori hän on, niin paljon nuorempi kuin minä, melkein saman ikäinen kuin Purjehtija hukkuessaan.

– Mennään, hän sanoi.

Halusin lähteä. Halusin tuntea hänet niin kuin olin tuntenut Purjehtijan. Halusin miehen käsien väliin, halusin syliin. Halusin silittää rintaa, vatsaa, nivustaipeiden ihoa. Laskea selkänikamia ylhäältä alas ja alhaalta ylös, ja minua alkoi itkettää, kun ajattelin, että enhän minä voi. Ja että siitä on liian kauan. Ja että halusin!

– En minä voi!

– Miksi?

Musta peitto sai flyygelin näyttämään katafalkilta, ja äkkiä minä ajattelin, että miksi en voi? Ajattelin elämää ja kolmea sisarta, tuhlattua aikaa. Miksi en voi?

– Mennään! mies toisti.

– Minne?

– Vaikka muistoihin, mies naurahti hiljaa, pyyhkäisi poskipäätäni ja nuolaisi sormeaan. – Suolaista, hän sanoi.

Nousin pöydästä ja tartuin miehen käteen. Hississä ajattelin epäjohdonmukaisesti, että Lasse saa ulkoiluttaa koiraa. Ja että minun pitää mennä vielä vähäksi aikaa kotiin. Mutta ei nyt.

Adolfinan lupaus

Erik kuoli aivoverenvuotoon aivan liian nuorena, samana kesänä, kun Carita pääsi ripille, eikä tyttö puhunut hänestä sen koommin. Ja nyt kuolen minä. On niin turhaa kuolla jo kuusikymmenvuotiaana, mutta kuolema ei katso, kuka lankoja kehrää, eikä syöpä tee valintaa tarpeellisten ja tarpeettomien välillä. Olimme Erikin kanssa jo yli kolmenkymmenen, kun saimme tytön lopulta adoptoitua. Aikaa kului liikaa, mutta me halusimme hänet, ja onneksemme kukaan muu ei ollut halunnut maitosuklaan väristä lasta. Carita oli tullessaan jo kaksivuotias, ja me toivoimme, että hän unohtaisi ajan lastenkodissa, mutta hän ei unohtanut mitään kovin helposti.

Kun Carita aloitti koulun, kerroimme adoptiosta, ja hänelle tuli tavaksi tutkia kanssaihmisiä suurilla kullanvihreillä silmillään. Erik sanoi aina, että tyttö katsoo ympärilleen kuin etsisi jatkuvasti jotakin, mitä ei edes tiedä kadottaneensa.

Carita ei ole koskaan ollut avoin, ja minusta on aina tuntunut, että sisimmistä tunteistaan hän ei ole halunnut puhua, edes minulle. Luulen, että hänellä ei ole ollut myöskään läheisiä ystäviä, joitakin kavereita vain. Lapsena hän ymmärsi olevansa erilainen kuin toiset, eihän Helsingissä ja varsinkaan Eirassa ollut siihen aikaan montaakaan tummaihoista lasta.

Samana vuonna, kun Carita kirjoitti ylioppilaaksi, Adolfina jäi leskeksi ja halusi tytön muuttavan joksikin aikaa luokseen. Annoin hänen lähteä, sillä Tukholmassa asui opiskelijoita ympäri maailman, enemmän kuin Helsingissä.

Carita oli vuoden Adolfinan seurana ja aloitti sen jälkeen kauppatieteiden opinnot Uppsalassa. Hän ei koskaan valmistunut, sillä kolmannen opiskeluvuoden juhannuksena tapahtui jotakin, minkä seurauksena hän keskeytti opintonsa, muutti luokseni Eiraan ja meni työhön Stockmannille. Hän ei koskaan kertonut, mitä tapahtui. Enkä minä kysellyt. Tiesin, että Carita ei pitäisi siitä.

Kun hän toi Lassen ensi kertaa kotiin, tiesin ensi näkemältä, että en tule pitämään miehestä. Yritin olla kohtelias ja ystävällinen, mutta Carita näki lävitseni.

– Tavataan me vain kaksistaan, niin kuin ennenkin, hän sanoi ovella.

Lasse seisoi hissin luona, piti ovea auki ja heilutti avainnippua.

– Tule jo, hän tokaisi tylysti.

– Entä, jos Lasse ei pidä siitä, kuiskasin hiljaa.

– Ei hän minua omista, vaikka niin luulee! Carita sanoi ja katsoi minuun. – Tulen kohta, hän sanoi Lasselle. – Me haetaan vielä mansikoita pakastimesta.

Keittiössä halasin Caritaa tiukasti ja sanoin, että en halua aiheuttaa epäsopua, mutta kysyin silti, oliko hän aivan varma, mitä oli tekemässä. Olin surullinen ajatellessani, että hän ei tule olemaan onnellinen Lassen kanssa.

– Olen varma, hän sanoi. Lasse ei halua lapsia, enkä minäkään. Sekin suretti minua.

Adolfinan luona he kävivät yhdessä vain kerran. Kihlausaikanaan. Kun heidät vihittiin, Lasse katsoi vaimoaan kuin omaisuuttaan, ja tiesin olleeni oikeassa. Olin vakuuttunut, että Carita tulee katumaan päätöstään. Adolfina ei tullut vihkiäisiin. Hän soitti ja kertoi kaatuneensa ulkorappusilla. Käsivarsi oli murtunut. Luulen kuitenkin, että hän koki Lassen samalla tavalla kuin minä.

Kun sädehoito ei alkanut tehota toivotulla tavalla ja ymmärsin kuolevani, kirjoitin Adolfinalle ja pyysin häntä kertomaan Caritalle, kenen lapsi hän on. Kirjoitin katuvani, että en ollut itse kertonut ja että olimme tehneet väärin, kun olimme vaatineet Angelalta lupauksen pysyä poissa meidän kaikkien elämästä.

Nyt on jo liian myöhäistä. En jaksa enää sitä tunnekuohua, mikä on odotettavissa, ja yksinäinen kuolema surettaa ja kauhistuttaa minua. Adolfina lupasi, ja luotan siihen, että hän kertoo Caritalle ja antaa tytön päättää, ottaako yhteyttä äitiinsä. Syöpä on levinnyt toiseenkin rintaan, ja joudun olemaan pidempiä aikoja sairaalassa. Sanoin lääkäreille, että tämä riittää. Carita vaatii, että hoitoja on jatkettava, mutta minä en enää halua, ja kun en voi enää sädehoitojen jälkeen heti palata kotiin, hän istuu luonani sairaalassa joka ilta töiden jälkeen.

Kun lääkäri sanoi kuoleman jo katsovan ovesta, Carita otti lomaa ja jäi rinnalleni.

Tänä aamuna Carita kysyi minulta, kuka hän oikein on. Sanoin, että Tant Adolfina tietää.

– Kysy illalla.

Rakkaus on heikoimmalla hetkellään voimakkain.
Se etsii aina omansa, ja olosuhteista huolimatta se ei koskaan
häviä, sillä aidosti toisiaan rakastaneet palaavat yhteen,
aikojenkin päästä.

"Kuin ennen Liisa pien"

Jos kuolee tunturiin eikä kukaan ole hautaamassa, susinaaras voi olla ensimmäinen saattaja, mutta jos muuta vatsantäytettä on näkösällä, vie vietti voiton, ja niin se jättää haaskan kehnommille metsästäjille. Sutta seuraa naali pesueineen. Lauma näykkii ja nyhtää, ei saa paljoakaan irti, kun jo ahma tulee ja ajaa äristen sen pois. Korpit kokoontuvat murenille, niiltä jäljelle jää enää kasa luita.

Kun kevät löytää tiensä talven alta, muurahaiset tulevat puhdistamaan niveliä. Luut irtoavat kesän mittaan toisistaan, ja pienimmistä tulee helmiä riekonmarjojen sekaan. Ohuet haurastuvat nopeasti, suuremmat luut painautuvat syvälle. Reisiluu voi joskus kulkeutua kauemmaksi, kun naaliemo raahaa sitä pesäkoloonsa. Harmaaksi kauhtunut kallo saattaa pudota kotkan kynsistä ja maatua tunturin takana toisessa kurussa.

Parasta on päätyä kaltioon. Sieltä ei syö sudet, ei kalva ketut, eikä ahma, sekin jättää rauhaan. Mutta varmaa on, että maa ottaa aina takaisin sen, johon joskus henki puhallettiin.

Sinä talvena lunta oli satanut Muotkatakkavaaran parhaimmille paikoille jopa puolitoista metriä, mutta nyt maa oli melkein paljas. Lumi oli lämpimän talven ansiosta alkanut sulaa jo maaliskuussa. Huhtikuun auringossa kinokset olivat kutistuneet lisää, ja jo toukokuun alussa huipulta valuvat vesimassat uursivat uusia uomia tunturin kupeeseen. Muutama pitsireunainen lumiläikkä sinnitteli vielä siellä täällä rinteen painaumissa, harsomainen jääkerros peitti enää, vain vaivoin, varjoon jäävää kurun pohjaa.

Aurinko helähti taivaalle vaaleanpunaisen autereen läpi, sellaisen, kuin se vain pohjoisessa voi keväällä olla. Eikä kuluisi aikaakaan, kun se jäisi kokonaan näkyviin, mutta nyt sen piti vielä nousta, ja koko päivän kiviä ja kantoja lämmitettyään vaeltaa tunturin kuvetta yöltä turvaan.

Tienoon viimeinen naali kulki aamuvalossa kurun reunaa. Sen puoliksi vaihtunut talviturkki erottui vaaleana mustaa maata vasten. Eläin eteni verkkaan ja pysähtyi välillä haistelemaan sopulien pesäaukkoja. Äkkiä se sävähti. Maa liikahti tassujen alla, ja irtonaisia kiviä alkoi vieriä alarinteen suuntaan. Ylärinteen painaumiin sulaneet vesimassat alkoivat määrätietoisesti raivata tietään alaspäin. Kuohuvaksi paisuva puro syöksähti suuren kiven ohi ja otti mukaansa osan sen juureen huolella rakennetusta kivikasasta.

Emo uikahti. Se juoksi hetken kivivyöryn edessä ennen kuin ymmärsi hypätä syrjään. Varovasti se kiipesi takaisin ja pysähtyi rinteeseen avautuneen lähteen ääreen. Se lipaisi vettä kuin maistellakseen ja lähti juoksemaan kohti paljakan rajaa. Katosi vaivaiskoivujen sekaan niin nopeasti, että helposti olisi voinut uskoa sen olleen harhanäyn.

Kivivyöry oli avannut lähteen, mutta se oli tuonut päivänvaloon muutakin. Se oli paljastanut, miksi kivikasa oli aikanaan paikalle rakennettu. Matalassa vedessä makasi luita. Näytti kuin ihminen olisi asettunut lähteen pohjahiekkaan puolikaaren muotoon. Reisiluut muodostivat kulman sääriluiden kanssa, käsivarren ja kyynärvarren luut toisen. Kulmat kohtasivat alimpien kylkiluiden kohdalla. Luut olivat sopeutuneet hiekkaan kuin vauva äidin kohtuun.

Kolmekymmentäkaksi ranneluuta, kymmenen kämmenluuta ja kaksikymmentäkahdeksan sormiluuta olivat ajan kuluessa irronneet toisistaan ja muodostaneet helminauhan juuri sopivasti leukaluiden alle. Vesi solisi luiden ja kivien välissä. Puro ryöpsähteli ja kuohahteli, se riemuitsi välkehtien varhaisen kevään antamasta vapaudesta.

Lähteen pohjaan jääneellä ei ollut mitään jäljellä. Ainuttakaan kankaanriekaletta ei ollut mailla, ei halmeilla. Ei kenkiä, ei reppua, ei mitään kertomassa, oliko lähteessä nainen vai mies, vai kenties nuorukainen. Aivan kuin selkärangan aikanaan suorana pitänyt ihminen olisi syntynyt ja kuollut samaan paikkaan. Jälkeäkään ihmisen korkeiden hetkien välisestä elämästä ei ollut näkösällä.

"Kasarmimme eessä suuri portti on"

Sodassa miehen piti nopeasti kasvaa tehtäviensä tasalle, mutta minä olin vasta kahdenkymmenenkolmen, ja olin ollut Torniossa jo kaksi vuotta. Heti sotilaskoulutuksen jälkeen olin saanut käskyn lähteä Suomeen, asemapaikkani oli Tornio ja siellä huoltorykmentti, joka kuului Lapissa operoivaan 20. vuoristoarmeijaan. Kotini, vanhempani ja sisarukseni olivat kaukana Baijerissa.

Kotoa lähtiessäni olin kauhistellut äidille Suomen talvea, mutta olin hyvilläni, että en joutunut itärintamalle. Kun meri alkoi jäätyä ja minun oli kylmä, ajattelin, että kotona kukkivat taas huhtikuussa tulppaanipuut. Ajatus lämmitti.

Ihmettelin usein itsekseni, miksi olin sodassa ja Suomessa, mutta en koskaan sanonut sitä ääneen. Tiesin tovereideni ajattelevan samoin, mutta kukaan ei uskaltanut puhua. Hansin kanssa juteltiin joskus koti-ikävästä. Hans puhui pojistaan, muusta hänkään ei puhunut. Paitsi kalastamisesta.

Liisa ei ollut vielä kahdeksaatoista, mutta saksaa oppikoulussa lukeneena oli työssä huoltokomppanian toimistossa. Tutustuin häneen heti tultuani, ihastuin oikopäätä, ja aloimme salaa tapailla. Se onnistuikin jonkin aikaa, mutta Tornio oli pieni kaupunki, ja kaikki tunsivat toisensa. Liisan pappa käski meidät luokseen ja sanoi, että saamme olla yhdessä, mutta minun piti vannoa käsi hänen Raamatullaan, että pidän tytöstä huolen, jos jotakin sattuu. Minä vannoin.

Liisa oli liian nuori, mutta meistä tuli pian rakastavaisia. Tuntui, että kaikilla oli kiire elää. Että sodassa kuka tahansa saattoi kuolla milloin vain, eikä kenelläkään ollut varmuutta tulevasta. Me uskoimme nuorten tapaan, että elämme ikuisesti, ja kun sota loppuu, menemme naimisiin, ja Liisa lähtee mukaani kotiin. Hän puhui ahkerasti saksaa oppiakseen lisää, minä opettelin suomea.

Lokakuun yhdeksäntenä päivänä 1944, Saksan kahdennenkymmenennen vuoristoarmeijan komentaja kenraalieversti Lothar Rendulic antoi käskyn, jonka mukaan joukkojen oli aloitettava mitä pikimmin vetäytyminen Kemistä ja Torniosta kohti Kilpisjärveä ja Norjaa ja että koko Lappi piti polttaa maan tasalle. Kaikki jokivarren rakennukset piti tuhota niiden käyttötarkoituksesta riippumatta. Joukkojen oli räjäytettävä myös kaikki sillat ja tiet ja tehtävä kulkukelvottomiksi Tornionjoen yli kulkevat lossit.

Aseveljet muuttuivat hetkessä vihollisiksi. Suomalaiset tekivät nopean maihinnousun Tornioon keskelle sen pelästyneitä asukkaita, joita ei suunnitelman ilmitulon pelossa ollut evakuoitu Ruotsin puolelle. Saimme käskyn tyhjentää ase-, ammus- ja ruokavarastot ja lähteä kaupungista. Lupasin hakea Liisan heti, kun sota loppuu, mutta hän itki, että unohdan. Sanoi, että olemme olleet yhdessä kaikkien tieten, eikä hänellä ole enää sijaa kotimaassa. Hän olisi saksalaisten huora lopun ikänsä.

Minulla ei ollut muuta vaihtoehtoa kuin ottaa hänet mukaan, en vain tiennyt, miten. Esimiehet olivat sanoneet, että vetäytyminen tehdään ennalta määrätyssä marssijärjestyksessä, ei autoissa ole tilaa naisille, eikä laivoihin mahdu siviilejä.

Onneksi Liisa laskettiin kuuluvaksi huoltojoukkoihin ja hän pääsi mukaan. Pappa yritti turhaan kieltää, hän ei uskonut, että pääsemme yhdessä Saksaan. Kukaan ei voinut olla varma, mitä matkalla tapahtuisi ja ketkä pääsivät Narvikissa laivoihin. Mutta minun oli pakko luottaa itseeni, muuta ei ollut.

"Iltahuudon hetki, liian pian saa"

Suomalaisten maihinnousua seuraavien sekavien taistelujen jälkeen pääsimme lähtemään Torniosta ja liittymään Oulusta matkansa aloittaneeseen kolonnaan. Osa motorisoiduista joukoista eteni vauhdilla kohti pohjoista, sillä jokivarren tie oli kesän jäljiltä hyvässä kunnossa.

Osa kulki hitaammin, kahakoi suomalaisten kanssa ja alkoi Ylitornion jälkeen tuhota jokivarren kyliä. Ihmiset ja kotieläimet oli evakuoitu Ruotsin puolelle. Ihmiset seisoivat rauhallisen rajajokensa rannoilla ja katselivat tulipaloja. Naiset itkivät ruotsalaisemäntien kanssa. Vanhat isännät pojanpoikineen heristivät nyrkkejään ja purivat varmasti voimattomassa raivossaan hampaansa yhteen.

Saimme käskyn jättää osan rakennuksista polttamatta ja asentaa niihin räjähteet. Miinoittaa tiet ja sillat. Oli pakko. Kukaan uskaltanut jättää tehtävää täyttämättä, vaikka moni varmasti ajatteli, miten väärin oli, että lähtömme jälkeen kotiin palaavat naiset ja lapset saattaisivat silpoutua räjähdyksissä. Siitä olin sentään salaa hyvilläni, että jokunen kauempana jokivarresta oleva kylä jäi siinä kiireessä huomiotta.

Tavoitteena oli olla jo tammikuussa Narvikissa. Minä ajattelin, että lokakuussa olisi vielä siedettävää kulkea, mutta seuraavien kuukausien pakkaset ja lumi tekisivät loppumatkasta vaikean. Onneksi sentään tiet olivat hyvässä kunnossa. Suurin osa joukoista sai matkata autoilla ja osa moottoripyörillä, mutta tiesin, että polttoaineen loppuessa moni joutuisivat jatkamaan jalan.

Vetäytymistä varten oli matkan varrelle jo aseveljeyden alusta rakennettu viivytysasemia, joihin oli varastoitu sotatarvikkeita ja tulivoimaa. Luotin asemiin ja omiin jälkivarmistusjoukkoihin, mutta tiesin, että meidän oli syytä varoa suomalaisia. Mukaan liittyi sotilaita pitkin jokivartta, ja yhteenottojen jälkeen jouduimme hautaamaan kaatuneita kylien liepeille.

Yritimme liikkua riuskasti asemien välit, mutta kahakointi suomalaisten kanssa ja haavoittuneista huolehtiminen hidastivat matkantekoa. Myös raskas kalusto liikkui hitaasti, ja välillä oli odotettava, sillä olimme viimeinen Torniosta lähtenyt osasto, ja tehtävänämme oli räjäyttää sillat ja tierummut.

Pelkäsin suomalaisia. Olin Torniossa kuullut heidän sitkeydestään talvi- ja jatkosodassa, mutta sydämestäni toivoin, että he eivät kovin innokkaasti ajaisi meitä takaa, olihan aseveljeys kestänyt jo pitkään. Luotin myös omiin upseereihin, jotka sanoivat, että miinoitetut tiet pakottaisivat suomalaispartiot kulkemaan metsäpolkuja. Tiesin senkin, että suomalaisilla oli pulaa ampumatarvikkeista, ja syötävänä enimmäkseen vain näkkileipää ja vettä. Se antoi voimia ja uskoa, että selviydymme.

Olin surullinen kuullessani, että suomalaiset sotilaat olivat varsin nuoria, ja tiesin, että osa tulisi saamaan tulikasteensa vasta käsivarren kahakoissa. Ja että käsivarren taisteluita kutsuttaisiin peräti Lasten ristiretkeksi. Mitä tuhlausta sodat ovatkaan, ajattelin. Nuoret miehet, melkein lapset vielä, tappavat kilvan toisiaan keskellä aroja, aavikoita ja Pohjoisen erämaita. Ja minkä ihmeen vuoksi kaikki se tapahtui? Sitä en ymmärtänyt.

"vois tulla kallis retki"

K̄äsivarren Lapin asemasota alkoi, kun monituhatpäinen saksalainen vuoristodivisioona miehitti alueen lokakuussa 1944. Vahvaksi linnoitettu Sturmbock-linja kulki Lätäsenon länsipuolelta käsivarren poikki. Ylempänä olivat Lyngen-aseman Kilpisjärven linnoitukset. Linnoitusketjun tarkoituksena oli turvata joukkojen vetäytyminen Norjaan myös Keski-Lapista ja itäiseltä rintamalta. Käsivarressa toimi Armeijaosasto Narvik, jonka vahvuus marraskuun lopussa oli 150 000 miestä.

Muoniossa taisteltiin, ja kun taistelun jälkeen oli kaatuneita taas haudattu matkan varrelle, olimme Liisan kanssa alkaneet pelätä. Emme puhuneet paljoakaan, ja oli jo marraskuun loppu, kun lopulta pääsimme Lätäsenoon.

Vetäytymiseni viivästyi, sillä toimin yhtenä taistelulähettinä myös idän suunnalta tulevien pataljoonien ja Armeijaosasto Narvikin välillä. Olimme joulun Lätäsenossa. Aatto oli hiljainen, joulupäivänä lauloimme hiukan. Jäimme vielä tammikuuksi ja pystyimme keräämään voimia loppumatkaa varten. Liisa sai taas pyöreyttä poskiinsa, ja minun oli hetken hyvä olla.

Suomalaisissa varusmiespataljoonissa oli miehiä ja aseita huomattavasti vähemmän kuin meillä, ja kuulin, että he olivat jääneet asemiin Markkinan kylään. Sotilaat kummaltakin puolelta partioivat alueella, ja silloin tällöin syntyi ryhmien välillä kahakoita, mutta minusta tuntui, että niin saksalaiset kuin suomalaisetkin olivat jo väsyneitä sotimiseen ja ruoan puutteeseen. Valittaminen olisi siitä huolimatta laskettu isänmaan vastaiseksi, ja tappiomielialaa lietsovista puheista olisi voinut päätyä kolmannen valtakunnan vihollisena vankileirille, tai tulla saman tien ammutuksi.

Asemasota vei meistä tyystin voimat. Vaikka varsinaisia sotatoimia ei enää ollut, pakkanen ja pureva tuuli rasittivat kovimmissakin vuoristo-oloissa koulutettuja sotilaita, eikä ruokahuolto toiminut kaikin ajoin riittävän hyvin.

Olimme Liisan kanssa selvinneet kohtuullisesti Hansin ansiosta, mutta olimme väsyneitä ja saimme aivan liian vähän syödäksemme. Liisa alkoi taas oksentaa ja laihtui silmissä. Mutta pahinta oli, että joukoissa alkoi kiertää erilaisia huhuja. Puhuttiin laivojen määrästä ja siitä, että naiset eivät pääsisi mukaan.

Tammikuun lopussa saimme käskyn lähteä kohti Lyngeniä. Kireä pakkanen hyydytti moottoripyöräni polttoainejärjestelmän, eikä sitä saatu enää korjattua. Jouduin jättämään pyörän tien varteen. Yritin Liisalle paikkaa samasta miehistönkuljetusautosta, johon minut komennettiin, mutta tuloksetta. Hän joutui istumaan yhä ahtaammaksi käyvässä huolto-osaston kuorma-autossa. Aina kun hän alkoi voida pahoin, jouduimme kävelemään.

Vaikka vetäytyminen oli sujunut pääosin hyvässä järjestyksessä, huhut voimistuivat vauhdilla. Minkä verran laivoja oli? Odottaisivatko ne? Jälkijoukkojen sotilaat alkoivat pelätä, olisiko niissä riittävästi tilaa. Kaikki alkoivat kiirehtiä eteenpäin. Naiset puhuivat keskenään. Liisa sanoi heidän olevan varmoja, että laivoihin pääsevät vain upseerien seuralaiset, jos hekään.

Osa naisista halusi kääntyä takaisin, mutta pakkanen oli suurempi uhka kuin norjalainen ennestään tuttu vuononranta. Kolme naista katosi, kun Ropinsalmen jälkeen ohitimme lappalaisten aution talvikylän. En halunnut ajatella, kuinka heidän käy ja miten heidät otetaan omiensa joukoissa vastaan.

Säästin Liisalle omista annoksistani purkkimaitoa ja lihaa. Maitoa hän joi, liha ei maistunut. Suklaata oli onneksi jäljellä vielä monta levyä, ja sitä hän söi oksentamatta. Matkanteosta tuli raskaampaa, Liisa ei enää voinut matkata autossa. Hän voi pahoin jo pelkästä ajatuksesta, mutta väsyi nopeasti kävelemiseen. Sain huoltojoukoilta ahkion, jossa vedin häntä. Mutta sota oli ottanut osansa, voimani eivät millään meinanneet riittää. Jatkuva pelko ja epävarmuus uuvuttivat ja ajattelin joskus, että tällaista se on sitten kun olen vanha, vapinaa ja väsymystä, epämääräisiä kipuja siellä täällä.

Mieleni oli levoton ja palelin koko ajan. En aina pystynyt pitämään ajatuksiani koossa, ja iltaisin ennen nukahtamista näin harhoja. Olin kotona. Katselin kukkivia tulppaanipuita ja tasaiseksi leikattua ruohokenttää valkoisen tiilitalomme takapihalla. Ajattelin, miten ruoho on niin vihreä ja miten hellästi aurinko lämmittää. Puutarhakeinu heilahti. "Äiti", huusin, mutta hän ei kuullut. Isän kanssa rakentamani suihkulähde solisi pihassa. Västäräkit keikuttivat pyrstöjään. Aurinko oli liian kuuma.

Kun heräsin, tiesin olevani kuumeessa. Sain lääkintämieheltä kourallisen tabletteja ja otin yhden, se auttoi vain hetken. Toisen otettuani voimistuin taas, ja vedin ahkiota sen, minkä jaksoin. Liisa oli linnunkevyt, mutta aloimme jäädä ryhmästä. Viimeiset jälkivarmistajat menivät ohi ennen Muotkatakkaa. Kauempana jyrisi täysi kuorma-auto. Huoltoauto peräkärryineen nytkähteli verkkaan eteenpäin ja sammui lopulta tien varteen.

Huoltoauton kylki hohkasi hetken lämmintä, ja Liisa sanoi hämmästyneellä äänellä, että "Kurt, minua ei enää palele". Oli helmikuun kuudestoista päivä.

"Kaikki sumuun häipyy, maa ja taivaskin."

Kurt otti huoltoauton peräkärrystä hakun ja kenttälapion ja ripusti ne reppunsa hihnoihin. Hän istui tienvarteen juuttuneen tykinlavetin reunalle, otti monta valkoista tablettia, joi purkillisen maitotiivistettä ja lähti vetämään ahkiota tunturiin. Kukaan ei huutanut hänen jälkeensä. Huoltoautossa istujat eivät huomanneet, eivätkä jalan kulkevat jaksaneet. Edes huutaa.
Tunturissa oli lunta, mutta etelän puolella sitä onneksi oli vähemmän. Kurt joutui kahlaamaan vain puolisääreen ulottuvassa hangessa, jonka pinta oli öisen pakkasen jäljiltä toisin paikoin jäässä, ja kannattelemaan ahkiota. Lumi kimalsi ja rasahteli. Kumpuileva maasto vaimensi etääntyvien sotilaiden äänet. Kuului jurahdus, kun viimeinen kuorma-auto kaasutti ylämäkeen.

Iltapäivä oli jo pitkällä, kun Kurt lopulta pääsi paljakan puoliväliin. Hän pysähtyi suuren kiven viereen ja katseli mutkittelevia jälkiään. Katseli tunturin laelle ja ajatteli, että ei, ei sinne, siellä on varmasti kylmä, ja että pohjoinen valo on ihmeellistä.
Isän antaman taskukello oli pysähtynyt. Kurt otti käsineet pois ja yritti vetää sen käyntiin. Sormenpäät eivät tunteneet nuppia ja hän yritti hampailla. Kellon saamisesta käyntiin tuli elämän ja kuoleman kysymys. Hän sai kynsillään kierrettyä muutaman kierroksen ja nosti kellon korvalleen. Se tikitti, mutta Liisa ei herännyt henkiin.
Kiven juuresta kuului hiljaista solinaa. Lähde oli pysynyt sulana, sillä syvältä maan uumenista siihen pulppusi koko ajan uutta vettä. Vesi oli koskettanut tunturikoivujen taimiin ja muovannut niistä jääveistoksia. Pilvi siirtyi auringon edestä, ja häviävän hetken hangelle heittyvät varjot muistuttivat siipensä levittäneitä enkeleitä.

Kurt katsoi aurinkoon. Pian se painuisi Norjan tuntureiden taakse ja jättäisi jäljelle valosta vain vaisun kajon, mutta jos tulisi pakkanen, hän tiesi, että taivaalle ilmestyisi tähtiä. Hän heitti viimeiset tabletit suuhunsa ja kaapaisi lunta perään, ei tuntenut uupumusta, eikä kylmää. Jalat olivat kastuneet, ne muuttuisivat pian tunnottomiksi, mutta hauta oli tärkeämpi.

Siinä kohtaa rinnettä lunta ei ollut paljoakaan, mutta maa oli umpijäässä ja kirskahti kuin kivusta, kun mies vimmalla hakkasi pintaa rikki. Hakku iski kivistä kipinöitä, juuttui vähän väliä jäiseen kamaraan, ja lopulta Kurt istui uupuneena maahan. Hän nojasi selkänsä kiveen. Laskeva aurinko lämmitti, väsytti. Lähde solisi hiljaa, ja hän kuvitteli olevansa kotona.

Parvi korppeja kierteli tunturin lakea ja etsi haaskoja syödäkseen. Tunturissa niitä ei ollut, mutta ruokaa oli riittänyt pitkin talvea, ja miinoihin astuneita porojakin oli löytynyt poltettujen kylien liepeiltä.

Kurt heräsi korppien rääyntään. Hauta, hän sanoi ääneen ja katsoi lähteeseen. Hän lapioi pohjahiekan pois, riisui Liisalta manttelin ja kengät, päällysvaatteet, silitti käsivarsien valkoista ihoa ja ajatteli, että voi miten ne ovat ohuet, kylkiluiden hauraat kaaret mekon alla kuin nälkiintyneen lapsen. Työnsi kätensä veteen, se tuntui lämpimältä.

"Lintuseni, pääset lämpimään."

"Perhoseni, ei, ei, kun lintuseni, voi hyvä Jumala", Kurt itki. Hän laittoi Liisan kyljelleen veteen ja yritti ristiä jäykäksi muuttuneet sormet. Se ei onnistunut, mutta kun hän lakkasi yrittämästä, Liisa solahti pehmeästi paikoilleen. Vartalo asettui puolikaaren muotoon ja kietoutui suojaksi melkein huomaamattoman vatsakummun ympärille. Niin kevyt.

Lähteen pohjahiekka oli ilta-auringossa silkkaa kultaa., Kurt peitteli Liisan ja latoi reunakivet lähteen ympärille. Hän rikkoi ahkion ja levitti laudat haudan peitoksi. Keräsi lumen alta kiviä ja asetteli ne metrin korkuiseksi kasaksi, ensin suuremmat ja sitten pienemmät. Hän tilkitsi kolot kaikkein pienimmillä ja ajatteli, että nyt pedot eivät saa kaivettua hautaa auki. Valoa oli enää vähän, kädet olivat jäässä, mutta mies ei huomannut. Hän seisoi liikkumatta kivikasan vieressä ja kuunteli hiljaista solinaa lumen alta.

"Auf wiedersehen, mein Stelzen", Kurt sanoi hiljaa. Hän keräsi vaatteet syliinsä, tempaisi hakun maasta, ripusti sen kenttälapion kanssa repun hihnoihin ja lähti kylmää tuntematta hoippumaan kohti kurun reunaa.

"Luokses ma unelmissain saan"

Tunturin alarinteessä, juuri kurun ja paljakan puolivälissä on luola, joka syntyi, kun ikijään reuna alkoi auringon voimasta vetäytyä kohti pohjoista. Se kuljetti mukanaan erikokoisia kiviä ja asetteli lahjansa riviin kurun yläreunaan. Jään paino muokkasi maanpintaa, piirsi peruskallioon jäljen vetäytymissuunnastaan ja jätti lopulta maan paljaaksi ihmisen tulla ja alkaa tappaa.

Luolan katoksi, suurten paasien varaan, asettui kivi, joka muistutti lippalakkia. Paasien väliin jäi miehen ryömittävä aukko. Syvemmälle johti matala käytävä, joka laajeni pesäksi eksyneen levätä. Sisällä oli hiljainen hämärä, mutta juuri ennen katoamistaan aurinko pääsi kurkottamaan kapeasta rakosesta luolan perälle.

Jos lunta oli tunturissa yli kahden metrin, vettä tuli liikaa, ja se pääsi valumaan luolan uumeniin. Vesi laajensi tilaa, kuljetti rinteestä mukanaan heleää hiekkaa ja siroteli sen kerroksittain luolan pohjalle.

Tuuli oli jääkauden jälkeen kantanut tunturiin uuden kasvun siemeniä. Ne olivat yrittäneet kiinnittyä karuun maaperään, mutta vain harvat olivat alkaneet viihtyä ja kasvaa pohjoisen kovissa oloissa. Ne jotka olivat juurtuneet, olivat jääneet ikuisiksi ajoiksi paikoilleen. Jäkälä. Riekonmarja. Vaivaiskoivu, kaikki olivat tehneet maasta omansa ja pitivät kynsin hampain kiinni Lapin ankarasta kamarasta.

Puolukka, variksenmarja ja mustikka olivat viivytelleet hetken, mutta eivät lopulta pystyneet vastustamaan pohjoisen lumoavaa valoa. Viimeisenä tunturien väliin jääville rahkasoille saapuivat suopursu ja hilla. Nekin tulivat jäädäkseen, vaikka hilla hallaöinä kukkiessaan joutuu usein taistelemaan elämästään. Maa tarjosi ruokaa kulkeville, susille ja ahmoille, naaleille ja sopuleille, ihmisille ja poroille.

Seitsemän vuosikymmentä sitten tarkoin tilkitty kivikasa ylempänä rinteessä oli alkanut ohjata vedet virtaamaan suu-aukon ohi, ja luolan pohja kuivui. Naalit ottivat sen omakseen, ja luolaan syntyi uusi pentue sukua jatkamaan. Sodan jälkeen oli nälkäkevät, mutta pennut saivat lihaa syödäkseen, sillä emo kiskoi miehen asepuvun auki. Myöhemmin syntyneet repivät leikkiessään riekaleiksi vaatteet, kunnes kaikesta luolaan kulkeutuneesta tuli maata ja multaa pesäluolan lämmikkeeksi.

Jo monet sodan jälkeen syntyneet pentueet ovat silmänsä avattuaan katselleet luolan lattiaan painuneita rautavartista hakkua ja kenttälapiota, leikkineet mustalla Lugerilla ja sen kahdella panoslippaalla. Pentujen hampaat ovat tarttuneet metalliseen kokardiin, manttelista irronneisiin nappeihin ja aselajimerkkeihin. Ne ovat kilpaa helistäneet taskukellon metalliketjua ja purreet neulanterävillä hampaillaan nahkavyöstä irronnutta solkea. Tönineet kasvaessaan tummunutta pakkia, jonka sisällä on pieni Raamattu ja mustakantinen muistivihko.

Luolan pohjahiekkaan oli hautautunut Wehrmachtin vuoristojääkäridivisioonan lakissaan käyttämä metallinen tunnus. Edelwciss. Alppitähti.

"Taas lyhdyn alla kohdataan"

Aurinko lämmitti kuumasti tunturin rinnettä, mutta Norjan puolelta luolaan tiensä löytänyt uusi naalipari piti pentunsa luolassa pidempään kuin tavallista. Aivan kuin ne olisivat aavistaneet, että joutuvat etsimään uuden pesäpaikan vielä ennen juhannusta.

Emo oli levoton ja tarkkaili luolan suuaukon ympäristöä. Mitään vaaraa ei näkynyt, oli vain sininen taivas, harmaa puuton tunturinlaki, jäkälää, jokunen uudenvihreä pilkku syksyltä jääneessä punertavan ruskeassa riekonmarjamatossa. Niitä ei ollut montaa. Silti emo oli levottomampi kuin ennen.

Vasta kun viimeinen suuri lumikinos Muotkatakkavaaran laella alkoi muuttua vedeksi, naaliemo uskalsi laskea pentunsa luolasta ulos. Ne juoksivat pitkin rinnettä ja vierittivät kiviä juostessaan. Emo näki vesinorojen valuvan tunturin laelta ja muodostavan yhä suuremman ja suuremman puron, kunnes rinnettä ryöppysi helmeilevä vesiputous, joka lauloi tuuleen. Jos naaliemo olisi ymmärtänyt mitään musiikista, se olisi tunnistanut laulun.

Aus dem stillen Raume, aus der Erde Grund
hebt mich wie im Traume dein verliebter Mund.
Wenn sich die späten Nebel drehn
werd´ich bei der Laterne stehn
wie einst, Lili Marleen – wie einst, Lili Marleen.

Laulun kuullessaan luut irtosivat lähteenpohjasta ja lähtivät liukumaan veden mukana rinnettä alas. Vesi löysi kivipaasien välistä polun luolaan. Luut seurasivat vettä. Ja jos oikein tarkkaan katsoi, saattoi nähdä pienen kallon, kuin pingispallon, selkänikamat kuin sokeripalan puolikkaat, tikunlaihat käsivarret, linnunjalat. Ne pysyttelivät tiiviisti äidin sylissä. Helisivät hiljaa lannerangan mutkassa perille luolaan, jonka matala suuaukko peittyi veden mukana valuvaan soraan ja vieriviin kiviin.

Hans

Olin ollut koko sodan ajan ilman naista, sillä pidin itseäni kunnian miehenä. Minulla oli ikävä vaimoani ja kolmea poikaani ja ajattelin heitä usein. Mutta jostakin syystä, jota en oikein itsekään ymmärtänyt, olin alkanut kadehtia Kurtilta Liisaa.

Muonion yhteenoton jälkeen sanoin Liisalle uskovani, että naiset eivät pääse mukaan laivoihin. Liisa oli silti pitkään varma, että hänen ja Kurtin matka järjestyisi jollakin tavalla. Mutta kun toistin epäilykseni tarpeeksi usein ja kun huhut asiasta muutoinkin voimistuivat, hän sanoi usein ajattelevansa, että joutuu jäämään Norjaan tai palaamaan kotiin ilman Kurtia.

Pelkäsin, että sota oli sekoittamassa pääni, sillä aina iltaisin ennen nukahtamista olisin halunnut ottaa Liisan syliini ja pitää hänestä kiinni. Varastin ruokavarastosta ylimääräisiä herkkupaloja, mutta lopulta hän ei enää niitä halunnut. Sanoi vain, että ei ole nälkä.

Kun lähdimme Lätäsenosta kohti Norjaa, ymmärsin, että Liisa oli raskaana, ja kateuteni roihahti sellaisiin mittoihin, että pelkäsin lopullisesti sekoavani. Kurt oli ollut Liisan lähellä tavalla, johon minä en koskaan yltäisi. Siitä oli todiste. Se kasvoi Liisan sisällä, eikä sille ollut enää mitään tehtävissä.

Olinhan toki tiennyt sen aikaisemminkin, mutta nyt en saanut sysättyä asiaa pois ajatuksistani. Ymmärsin, että Liisa oli sidottu Kurtiin lopuksi iäkseen, mutta sen sijaan, että se olisi rauhoittanut minut, ajatuskin raskaudesta sai minut miltei raivoihini.

Tajusin vihaavani heitä. Tai ei heitä, vaan Kurtia. Tai en minä tiedä kumpaa, mutta Kurtia minä ainakin vihasin ja sitä, mikä kasvoi Liisan sisällä. Sillä ei ollut merkitystä, että se oli lapsi, vain sillä oli, miten Liisa katsoi Kurtiin. Niin ehdotonta tunnetta en ollut koskaan nähnyt vaimoni kasvoilla, en edes silloin, kun ensimmäisen poikamme syntyi.

Ajattelin sitä joka ilta. En uhrannut enää ajatustakaan kotona Rosenheimissa odottavalle vaimolleni, en kotiinpaluulle, en kolmelle pojalleni, jotka odottivat pääsevänsä kanssani Innille kalastamaan ja purjehtimaan. Olin luvannut sen ennen lähtöäni.

Näin Kurtin uupuvan ja Liisan kuihtuvan, mutta en tehnyt enää elettäkään auttaakseni, ja kun katselin rakastavaisten yhä vaikeammaksi muuttuvaa matkantekoa, melkein nautin heidän ahdingostaan.

Vähän ennen Muotkatakkaa näin, että he alkoivat jäädä jälkeen, mutta minulla ei ollut enää aikaa eikä voimia auttaa muita kuin itseäni, ja luulen, että en halunnutkaan. Pysyttelin pääjoukon tuntumassa ja ajattelin puolustuksekseni, että hidasteleminen olisi voitu tulkita rintamakarkuruudeksi.

Kun lopulta pääsimme Lyngeniin, kuulin jälkivarmistusjoukkojen kersantilta, että Kurt ja Liisa olivat kääntyneet tunturiin. Heidän oli annettu mennä, kukaan ei uskonut ainakaan Liisan selviytyvän. Minä pääsin kuin ihmeen kaupalla ehjänä kotiin.

Kun näin poikani, kateuteni suli kuin lumet tunturissa.

Harvoin enää mietin, mitä olisin voinut tehdä. En usko, että mitään. Sitäkään en usko, että puheillani olisi ollut vaikutusta siihen, mitä heille tapahtui.

Sodassa tulee hulluksi. Jokainen tavallaan.

Ja ei. Kaikki naiset eivät päässeet laivoihin.

Lainaukset:

Viimeisen novellin otsikot ovat laulusta Liisa pien.
Teksti on osa Lili Marleen -marssilaulua.
Sanoittaja on Hans Leip ja säveltäjä Norbert Schultze.

„Kaikki sumuun häipyy, maa ja taivaskin,
Huulillasi säihkyy nimi rakkahin.
Luokses mä unelmissain saan, taas lyhdyn alla kohdataan,
Kuin ennen Liisa pien',
kuin ennen Liisa pien'. "

Suomennos: Georg Malmstein

Muut tarinan kursivoidut tiedot löytyvät kirjasta:
Lapin sota 1944–1945, Mika Kulju. Gummerus 2014.